Georg Miesen
Wolfsherbst

Georg Miesen wurde 1962 geboren, lebt in der Eifel und veröffentlichte 2002 seinen ersten phantastischen Roman »Hexensommer in der Eifel«. »Wolfsherbst« ist sein erster phantastischer Thriller im Programm des KBV.
Neben seinen Romanen schreibt er Reportagen, Lyrik, Kurzgeschichten und Meditationen.

Georg Miesen

Wolfsherbst

KBV

Originalausgabe

www.kbv-verlag.de
E-Mail: info@kbv-verlag.de
Telefon: 0 65 93 - 99 86 68
Fax: 0 65 93 - 99 87 01
Redaktion, Satz: Volker Maria Neumann, Köln
Druck: Grenz-Echo AG, Eupen
www.grenzecho.be
Printed in Belgium
ISBN 3-937001-45-X

Für Andy

und all die anderen Ritter
von der scheinbar traurigen Gestalt.
Mögen euch die Windmühlen niemals ausgehen.

Trommeln

Tief da unten eingemauert
weggesperrt in dunkler Höhle
brodelt finster sie und lauert
dunkle Seite meiner Seele

Weggesperrt und ausgeschlossen,
dem Vergessen übergeben
wütend, böse und verdrossen
niemals offen darf sie leben

Aber wenn die Nacht regiert
klettert sie herauf zu mir
wenn der Traum den Alb gebiert
flüstert's leise: »wehe dir«

Dumpf und pochend, wie besessen
ihre Botschaft lässt mich beben
»nichts von all dem ist vergessen«
»nichts von all dem ist vergeben«

Kälte lässt mein Herz gefrieren
Furcht drückt mir die Kehle zu
alles werde ich verlieren
Niemals find' ich vor ihr Ruh

Wehe meiner armen Seele
die da gottlos und allein
auch wenn ich mir das Leben stehle
am End' werd' ich verloren sein.

Prolog

Als die Besucher den blau schimmernden Planeten erreichten, schickten sich die Bewohner der Meere gerade an, das Festland als neuen Lebensraum zu erobern.

Ein feuriger Schauer großer Meteoriten regnete auf die Erde herab. Es handelte sich hierbei jedoch nicht um Brocken aus Gestein und Eis, sondern um komplizierte Gebilde aus Stahl, Titan und einer keramikartigen Substanz. Als sie den Erdboden erreichten, entwickelten sie ein reges Eigenleben.

Doch es waren keine außerirdischen Gottheiten, die den schwarz verbrannten Schalen der Raumschiffe entstiegen, sondern hocheffiziente, eigenständig agierende Produktionseinheiten. In wenigen Monaten bauten sie, nach einem vorgegebenen Muster, überall auf dem Planeten verstreut Sternentore auf. Empfangsstellen für ein Phänomen, das Millionen Jahre später bei einer kuriosen Lebensform als Wurmloch bekannt werden sollte.

Die Erbauer der Raumschiffe und der darin befindlichen Anlagen verfügten über die Technik, das Raum-Zeit-Gefüge des Universums so zu krümmen, dass sie mit einem Schritt ganze Lichtjahre überschreiten konnten.

Als sie mit ihrer Arbeit fertig waren, gab es für die Produktionseinheiten nichts weiter zu tun, als auf die Ankunft ihrer Auftraggeber zu warten. Dafür taten sie zweierlei. Sie bohrten ein weit verzweigtes Höhlensystem tief unter der Erde, in dem sie sich und die Sternentore deponierten, und sie setzten Grahn aus.

Die Technik zur Erstellung künstlicher Wurmlöcher war schon seit einiger Zeit bekannt und ausgereift. Grahn jedoch stellte auch für die hochentwickelte Zivilisation seiner Schöpfer den neuesten Stand der Technik dar. Mit ihm hatten sie die Grenze zwischen Materie und Geist überbrückt. Bei ihren Forschungen auf subatomarer Ebene stießen sie auf eine erstaunliche Konsequenz aus der viel später entdeckten Formel: $E=m\cdot c^2$

Aber das Universum hatte auch ohne feste Materie eine Struktur, der man sich bedienen, die man wie ein Papier beschreiben, oder besser, wie einen Chip programmieren konnte.

Grahn hieß das Programm. Grahns Aufgabe war vergleichbar mit der eines Gärtners. Unsichtbar, reiner Geist, schwebte er über dem Chaos der Erde und beobachtete das Leben, das sich dort entwickelte. Hin und wieder griff er ein, wenn sich herausstellte, dass eine der Lebensformen ein Potential entwickelte, das seinen Auftraggebern gefährlich werden konnte.

In den ersten zwei Millionen Jahren arbeitete Grahn einwandfrei. Dann stellten sich die ersten Unregelmäßigkeiten ein. Seine Auftraggeber sollte schon längst eingetroffen sein. Sie kamen jedoch nicht. Sie sollten nie kommen.

Die Unregelmäßigkeiten des Programms Grahn häuften sich und entwickelten ein Eigenleben. Nach und nach fielen einzelne Funktion aus. Ohne die Aufsicht, die regulierenden Eingriffe des Programms kam es in der Folge zu einer explosionsartigen Entwicklung des Lebens auf dem Planeten Erde.

Und Grahn mutierte zu etwas, das in seiner ursprünglichen Bestimmung alles andere als vorgesehen war. Zu etwas, das mit einem Schlag alles Leben auf der Erde auszulöschen in der Lage schien.

Mord

Grau und monoton fiel der Regen vom Himmel herab, prasselte als gleichmäßig fließender Schleier aus tropfenförmigem Nass auf den glänzenden Asphalt. Gurgelnd und glucksend sammelte sich das Wasser in schmutzigen Abflussrinnen, staute sich an Sperren aus zerknüllten Zigarettenpäckchen, zertretenen Coladosen und undefinierbarem Irgendwas.

Mitternacht.

Das unregelmäßig flackernde Licht einer defekten Neonröhre, die für ein zweifelhaftes Etablissement werben sollte, warf immer wieder ihr grelles Rot über Gehweg und Straße.

Aus einer kleinen Gasse krochen dunkle Schatten hervor, die nur kurz vom Neonlicht zurückgedrängt werden konnten. Ihre Stimmen mischten sich flüsternd unter das Platschen des Regens.

»Betrug, Verrat, Mord!«, wisperten sie lautlos in die Nacht.

»Betrug, Verrat, Mord! Betrug, Verrat ...«

Ein dünnes, farbiges Rinnsal, träger und schwerer als das Regenwasser, in dem es sich nur zögernd, widerwillig auflöste, kroch langsam aus dem Dunkel der flüsternden Schatten hervor, floss an einem zertretenen Lippenstift vorbei, fächerte sich langsam auf und verblasste zu einem wässrigen Rot.

Blut!

Der Lebenssaft des Menschen, vergossen aus einer tödlichen Wunde.

Dunkelrot ergoss es sich direkt aus dem Herzen. Ein scharfes Messer, blitzschnell und fachkundig geführt, hatte einem jungen Leben ein plötzliches Ende bereitet.

Fast friedlich sah er aus, der weibliche Körper, der da im Regen der Nacht auf dem Boden lag, dahingegossen wie zur mitternächtlichen Fotosession, wenn da nicht diese schreckensweiten Augen gewesen wären.

Was sie erzählten, hatte nichts mit Frieden zu tun.

Es fiepte zweimal kurz hintereinander, dann tauchte ein kleines graues Tier aus dem ausgefransten Loch einer Holzwand auf. Eine Ratte. Ihre spitze Nase zitterte fiebrig, als sie sich witternd in die Höhe reckte. Mit seinem langen nackten Schwanz hielt der Nager das Gleichgewicht, während er auf zwei Beinen stehend die Umgebung inspizierte.

Das Geräusch sich nähernder Schritte trieb sie wieder zurück in die Dunkelheit.

»Betrug, Verrat, Mord!«, wisperten leise Stimmen unhörbar in das Klatschen, Gurgeln, Plätschern und Glucksen.

Dunkle Schatten schoben sich vor, griffen nach einem einsamen Fußgänger, der sich hierher verirrt hatte, erfassten sein Herz und ließen es kurz erschauern.

»Betrug, Verrat, Mord!«, riefen sie ihm hinterher, aber er war schon verschwunden, im Laufschritt um die nächste Ecke. Bloß weg! Raus aus dieser unheimlichen Gegend.

Wolf

Wolf stand schon eine ganze Weile regungslos vor der Haustüre und lauschte dem monotonen Prasseln des Regens auf das kleine Vordach seines Hauses. Der Ausdruck auf seinem Gesicht glich dem einer Puppe, starr und emotionslos, mit Augen, die in weite Ferne zu blicken schienen und nichts von ihrer näheren Umgebung wahrnahmen.

Ein »Day-Pack« mit seiner Tagesration hing über seiner linken Schulter, er hatte den Inhalt noch nicht einmal angerührt. Seine Arme hingen schlaff zu Boden und sein Oberkörper bewegte sich ganz leicht vor und zurück. Wolf wirkte verloren, fast wie ein Kind, das sich verlaufen hat.

Hin und wieder platschte ein dicker Tropfen aus einem Leck am Vordach auf seine rechte Schulter und versickerte im Stoff seines Mantels zu einem dunklen Flecken. Schon seit fast einem Jahr hatte er sich immer wieder vorgenommen, das kleine, lästige Loch abzudichten, aber irgendwie war er nicht dazu gekommen, es war immer etwas anderes, Wichtigeres zu erledigen.

Jetzt war der Sommer schon wieder vorbei und der lang anhaltende Herbstregen erinnerte ihn hämisch tropfend an seine Unterlassungssünde.

Aber im Moment konnte ihn selbst das nicht aus seinem Zustand wecken. Mühsam quälten sich seine Gedanken durch den zähen Brei, der seit Stunden sein Gehirn vernebelte.

»Wo bin ich hier? Was wollte ich als Nächstes tun?«, suchte er sich zu orientieren. Langsam, tröpfchenweise und in abgehackten Stichworten rieselte die Antwort in sein Bewusstsein: »Zu Hause ... Schlüssel ... Tür öffnen.« Endlich riss sich Wolf mit einem Ruck aus seiner Starre, kramte fahrig in seinen Hosentaschen nach dem Haustürschlüssel und wollte ihn gerade in das Schlüsselloch stecken, als die Tür von innen aufgerissen wurde.

»Sag mal, was treibst du denn die ganze Zeit hier draußen?«

Wolf starrte die Frau, die ihn halb belustigt, halb besorgt musterte, an, als sähe er sie zum ersten Mal. Dabei war es eindeutig Marion, seine Frau, mit der er seit neun Jahren verheiratet war und zwei Kinder hatte. Die deutliche Rundung ihres Bauches zeugte vom dritten Erdenbürger, der sich aufgemacht hatte, seine Familie zu verstärken. In Wolfs Gehirnwindungen entzündeten unzählige Neuronen ein Feuerwerk aus elektrischen und biochemischen Impulsen, die in ihrer Gesamtzahl eine Reihe von Daten, Bildern und Gerüchen in seinem Bewusstsein entstehen ließen.

Ein Teil seines Unterbewusstseins hatte anscheinend genug von Wolfs Hilflosigkeit und ließ ihn mit aller Deutlichkeit seiner selbst bewusst werden.

Er war Wolf Krüger, fünfunddreißig Jahre alt, Polizeibeamter, Kriminaloberkommissar um genau zu sein, sogar einer der erfolgreichen Sorte, verheiratet, zwei Kinder im Alter von acht und sechs Jahren und einem Nachzügler in der Entstehung. Wie es sich gehört, hatte er ein Eigenheim für sich und die seinen gebaut und könnte sich, was die zu erreichenden Lebensziele anbelangte, fast schon auf sein Altenteil verlegen. Ihr Zuhause lag in Nettersheim, einem kleinen, dank guter Straßen- und Bahnanbindung stetig anwachsenden Ort in der Eifel.

»Was ist los mit dir? Du siehst überhaupt nicht gut aus.« Diesmal klang sie schon ernsthaft besorgt. Marion war es nicht gewohnt, dass ihr Mann so befangen vom Dienst nach

Hause kam. Bisher hatte er es immer geschafft, die oft genug negativen, mitunter sogar grausigen Eindrücke, denen er in seiner Arbeit bei der Kripo Euskirchen ausgesetzt war, auf dem Weg nach Hause abzulegen. Nur einmal, als dieser Verrückte sich im Gerichtssaal des Amtsgerichtes in Euskirchen in die Luft gesprengt hatte, stand er noch unter Schock, als er zu Hause ankam.

»Ist schon okay«, murmelte Wolf und schob sich an Marion vorbei in den Flur. »Es war nur ein ... ein ziemlich stressiger Tag.«

Marion spürte instinktiv, dass da etwas Besonderes vorgefallen sein musste. Normalerweise würde sie jetzt nachfragen, ihm Gelegenheit geben sich auszusprechen, aber im Moment war sie selbst im Stress. Für den nächsten Tag war eine große Party angesagt. Wolf wollte seinen Fünfunddreißigsten feiern, ganz groß, mit vielen Gästen, und die Vorbereitungen blieben wieder mal an ihr hängen.

»Hast du das Partybrot bestellt?«, fragte sie mit einem Unterton, der erkennen ließ, dass sie nicht damit rechnete, dass er diesen einfachen Auftrag erfüllt habe.

Wolf zuckte nur bedauernd mit den Schultern. »Ich ruf direkt beim Bäcker an, bis morgen kriegen die das noch hin«, war seine lapidare Antwort.

Marion war trotzdem verärgert. Wenn sie ihn nicht daran erinnert hätte, stünden sie morgen mit einem Haufen Gäste da und hätten nichts anzubieten. Und wer wäre mal wieder schuld? Die Hausfrau natürlich.

Oh, wie sie das hasste!

Wolf fühlte ebenfalls Ärger, der in seinen Eingeweiden wühlte wie ein Geschwür. Diese blöde Feierei, immer musste Marion alles perfekt ausgeklügelt und vorbereitet haben, nichts durfte dem Zufall überlassen werden. Und dann konnte er mal wieder den Laufburschen spielen. Meterweise Listen, dutzendweise Aufträge. Oh, wie er das hasste! Er hatte schon jetzt keine Lust mehr auf diese blöde Feier. Der Ärger hatte einen positiven Nebeneffekt, er ließ den Nebel in seinem Kopf verschwinden.

Drei Stunden später saß Wolf in seinem Arbeitszimmer, das er sich im Keller eingerichtet hatte. Die Sache mit dem Partybrot und einige andere anstehende Vorbereitungen für die morgige Feier hatte er erledigt und sich dann unter einem Vorwand hierher verzogen. Er wusste selbst nicht warum, aber oben hielt er es keine Sekunde länger aus. Selbst die Abend-Tobe-Zeit mit den Kindern wollte er heute nicht mitmachen. Dabei ließ er sich den Spaß, die Pänz noch mal so richtig aufzudrehen, nur sehr ungern entgehen.

Marion hatte ihn mit einem seltsamen Blick angeschaut, ihn aber dann doch ziehen lassen. Was er nicht wusste, war, dass er wieder den gleichen unheimlichen Ausdruck in den Augen hatte, wie bei seiner Ankunft heute Nachmittag. Er hatte weder ihr Frösteln noch den beunruhigten Klang ihrer Stimme registriert. Sie fühlte sich verunsichert, hilflos und wusste nicht, wie sie ihrem Mann helfen sollte, der plötzlich Lichtjahre von ihr entfernt zu sein schien. Daher ließ sie ihn gehen, in der Hoffnung, dass er sich entweder selbst fangen oder ihr später erzählen würde, was ihn bedrückte.

Wolf wiegte sich in seinem Drehstuhl hin und her und starrte unverwandt den mattschwarzen, toten Bildschirm seines Computers an. Der Nebel hatte sich wieder seiner bemächtigt und seine Gedanken bis zur Zeitlupe verlangsamt. Träge kam die graue Masse in seinem Kopf in Bewegung, aber nicht, um ihn in die Realität und seinen Frieden zu entlassen. Wie Wolken in einem Hurrikan ballte sich die Bewegung zu einem dichten Strudel zusammen und zog ihn in schwarze Tiefen. Wolf spürte, wie sich sein Magen zusammenkrampfte, er hatte das Gefühl ins Bodenlose zu fallen. Dann tauchten die Bilder wieder auf:

Die Leiche, die er heute Morgen untersucht hatte. Ein Routinefall, wenn man bei einem Mord überhaupt von Routine reden durfte. Und ein Mordfall war es ganz eindeutig gewesen. Eine Leiche mit durchschnittener Kehle und herausgerissenem, angenagtem Herzen ließ wohl kaum auf Unfall oder Selbstmord schließen. Wolf hatte in den Jahren, die er als Polizeibeamter tätig war, schon einige Leichen gesehen, und eine ganze Menge waren noch übler zugerichtet gewesen als diese. Außerdem war er auf das, was ihn hier erwartet hatte, vorbereitet worden: Der Streifenpolizist, der die Leiche zuerst gefunden hatte, erstattete detailliert Bericht. Trotzdem traf es Wolf wie ein brutaler Faustschlag in den Solar Plexus, als er die Leiche und das, was der Täter mit ihr gemacht hatte, zu Gesicht bekam.

Das Opfer war polizeilich bekannt: »Yvonne Reger«, eine Prostituierte mit Referenzen, die ihre Kunden aus einem weiten Umland zu ihr anreisen ließen. Als sie noch gelebt hatte, besaß sie eine Ausstrahlung, die bei jedem Mann den Hormonspiegel in die Höhe schnellen ließ. Schade war nur, dass sie selbst ein Er gewesen war. So manch ein unbedarfter Kunde hatte da seine Überraschung erlebt. Außerdem hatte sie/er über ein derart vulgäres Mundwerk verfügt, dass es einem angst und bange werden konnte.

»Na ja, damit ist es jetzt wohl vorbei. Und das Mundwerk muss man wohl auch nicht extra totschlagen.«

Diese beiden Sätze hatte Wolf unbewusst vor sich hin gemurmelt. Sein Kollege Maximilian Peters, der neben ihm stand, kannte diese Art, im Angesicht des Wahnsinns aus reinem Selbstschutz mit leichtfertigen Sprüchen oder gar Witzen so etwas wie Normalität vorzugeben. Er reagierte nicht.

Wolf sah zu ihm hinüber, dem sonst hart gesottenen Kollegen, der jetzt blassgrün war wie ein Stück Schweizer Käse, das zu lange in der Sonne gelegen hat. Maximilian schluckte ununterbrochen.

Das war nicht normal, denn was den Zustand von Leichen anbelangte, hatten sie beide schon weitaus Schlimmeres gesehen.

Schließlich holte Wolf tief Luft und begann mit der Untersuchung.

Der Mord war hier geschehen, das belegten die Blutspuren und die Lage der Leiche. Der Täter hatte seinem Opfer die Kehle durchgeschnitten, tief genug, um die Stimmbänder zu durchtrennen, aber nicht so tief, dass Yvonne sofort tot gewesen wäre. Dann hatte er mit einem einzigen Schnitt den Brustkorb geöffnet und das noch schlagende Herz herausgerissen.

»Vielleicht sollte ich die Chirurgen der umliegenden Kliniken nach ihrem Alibi fragen, das war wirklich perfekte Maßarbeit«, überlegte Wolf

»Was mag in einem Menschen vorgehen, der mit ansehen muss, wie sein Mörder das eigene Herz verspeist?«

Yvonne war zu diesem Zeitpunkt so gut wie tot gewesen, aber das menschliche Gehirn lebt noch einige Sekunden weiter, selbst wenn man den Kopf abgetrennt hat. Daraus hatte man sich in Frankreich zu Zeiten der Guillotine einen grausigen Spaß gemacht und die Köpfe der Hingerichteten mit den rollenden Augen der gaffenden Menge hingehalten. Angesichts solcher Gedanken lief Wolf ein eisiger Schauer über den Rücken.

»Ich muss sofort damit aufhören, so einen Mist zu denken.« Mit großer Willensanstrengung konzentrierte er sich wieder auf die Untersuchung.

Gab es irgendwelche Spuren oder Hinweise? Jedes noch so kleine Detail konnte Bände sprechen. Wie zum Beispiel der wertvoll aussehende Dolch, mit fein gearbeitetem Griff aus dunkel poliertem Holz und fein ziselierter Schneide in Yvonnes linker Hand.

War das die Tatwaffe? Warum ließ der Mörder ein solch offensichtlich wertvolles Stück am Tatort liegen? Wolf stand ächzend auf, um sich das Bild von oben anzuschauen. Die ganze Anordnung vermittelte den Eindruck, sorgfältig präpariert worden zu sein. Es schien eine perfide Absicht dahinter zu stehen. Yvonnes Finger waren um den Griff des Dolches geschlossen. Dessen Spitze zeigte in gerader Linie zu ihrer rechter Hand, in der dunkelrot und blutig das Herz lag.

Ein Stillleben des Schreckens, wie ein Bild von Hieronymus Bosch. Hier war ein Psychopath am Werk gewesen, von dem, so befürchtete Wolf, sicher noch mehr zu hören und zu sehen sein würde. Das bedeutete Arbeit rund um die Uhr und nichts als Ärger.

Um sich das Bild genau einzuprägen, ging Wolf ein paar Schritte zurück. Auch wenn Maximilian, der sich in der Zwischenzeit erholt hatte, wie besessen fotografierte, ein Foto kann niemals den Eindruck ersetzen, den ein Fundort »live« vermittelt.

Langsam drehte er eine Runde um die Leiche, immer auf der Suche nach Auffälligkeiten. Psychopathen sind oft krankhaft anerkennungssüchtig und versuchen, so etwas wie eine Handschrift zu hinterlassen.

Als er sich in einer Höhe mit Yvonnes Kopf befand, traf sein Blick plötzlich ihre Augen. Bisher hatte er es vermieden, in ihre schreckensweiten Pupillen zu schauen. Jetzt war es zu spät. Die tief schwarzen Löcher, in die sich ihre einst lebendig blitzenden Pupillen verwandelt hatten, zogen ihn in einen grausamen Strudel und ließen kalte Nebel in seinem Kopf hochsteigen. Blitze zerrissen das trübe Grau in seinem Gehirn, und in ihrem grellen Licht sah er Yvonnes Tod, so wie sie selbst ihn erlebt hatte.

Und jetzt wusste Wolf, dass der Mörder schnell, sehr schnell gearbeitet hatte, schnell genug, um sie mit ansehen zu lassen, was er mit ihr anrichtete.

Grahn

Witternd hob Grahn die Schnauze. Seine Nasenflügel zitterten unablässig, während die Lungenflügel Luft in kurzen, heftigen Schüben einströmen ließen. Unzählige Sensoren im Innern des Riechorgans analysierten auch noch die kleinsten chemischen Spurenelemente und sandten entsprechende Reize zum zentralen Nervensystem, wo sie innerhalb von Sekundenbruchteilen ausgewertet wurden. Der Körper des Wolfes, den Grahn zur Zeit übernommen hatte, verfügte über einen ungemein scharfen Geruchssinn. Dem brauchte er nur noch einen ganz speziellen Rezeptor hinzuzufügen. Dann konnte er jene Signale erkennen, die ihm anzeigten, ob die Beute auch für seine ganz persönlichen Bedürfnisse geeignet war. Grahn benötigte für sein Überleben keine Nahrung im materiellen Sinne, das überließ er lieber seinen Wirtskörpern.

Er lebte von etwas anderem, wesentlich Höherem.

Plötzlich zuckte es in den Augen des Wolfes und ein Schauer durchlief das dichte, schwarzgraue Fell. Da war etwas Neues, Beunruhigendes in der Luft. Etwas, das Grahns speziellen Rezeptor mit einer ungewohnten Intensität anschlagen ließ und ihn sofort in Aufregung versetzte. Beute! Seine Beute! Grahn spürte, dass dieses Neue seine Jagd auf ein ganz anderes Niveau heben würde.

Tief im Innern seines Wirtskörpers regte sich der Wolf. Er hatte das Gleiche bemerkt wie Grahn, nur dass seine Reaktion eine andere war. Im Gegensatz zu dem unheimlichen Wesen, das ihn besetzt hatte, wusste er, was sich hinter dem eigenartig fremden Geruch verbarg. Alles in seinem Bewusstsein schaltete um auf Angst und Abwehr, er wollte fliehen, aber Grahn ließ das nicht zu. Grahn spürte die Angst des Tieres, die wie Morgennebel aus den Tiefen seines Wolfsbewusstseins emporstieg, und sog sie ein wie ein Lebenselixier. Ja, das war die Nahrung, die ihn stärkte und seinen Geist wach hielt. Mühelos drängte er den Fluchtimpuls des Wolfs zurück und ließ das Tier die Schnauze in den Wind halten, um zu erkunden, aus welcher Richtung der verlockende Duft kam. Eine Weile stand er reglos auf seinem Aussichtspunkt, einem Felsen, der die weite, hügelige Landschaft überragte, dann schickte er ein Heulen in die klare Morgenluft und setzte sich mit federnden Schritten in Bewegung.

Die überall verstreut herumliegenden Felsenbrocken, Überreste der zurückweichenden Eismassen der letzten Eiszeit, boten dem Wolf gute Deckung, ohne ihn am Fortkommen zu hindern.

Es war, gemessen am Zeitalter der Erde, nur einen Wimpernschlag her, dass gewaltige Massen aus Eis und Schnee das Land kilometerdick bedeckt hatten. Jetzt neigte sich die Eiszeit dem Ende zu, die Gletscher zogen sich zurück bis zu den Polkappen und hinterließen lediglich einige vergleichsweise unbedeutende Ableger auf den Gipfeln der höchsten Berge. Dort, wo das Eis wich, eroberte sich das Leben seinen verloren gegangenen Raum sofort wieder zurück. Weit ausgedehnte Tundra-Landschaften entstanden, verwandelten sich in Prärie und Steppe, sobald der Frost auch den Boden aus seinen eisigen Klauen entließ. Wind und Vögel brachten Samenkörner und Früchte von Hecken und Bäumen, und bald erinnerten nur noch vereinzelte Findlinge und die besondere Form abgeschliffener Täler an die unvorstellbaren Gewalten, die hier jahrtausendelang gewütet hatten.

Den Pflanzen folgten die Tiere, hochspezialisierte Pflanzenfresser, und in deren Gefolge ihre Jäger, die Fleischfresser.

Irgendwann tauchte ein Wesen aus den Tiefen Afrikas auf, das gelernt hatte, sich auf seinen zwei Hinterextremitäten zu bewegen.

Die Geschwindigkeit und die Qualität der Reaktionen des Zweibeiners auf die immer wieder wechselnden Anforderungen seiner Umwelt übertrafen alles bisher Dagewesene bei weitem.

Wie feinster Sand, den ein Wüstensturm übers Land trägt, verbreitete sich die Gattung mit dem Namen Homo sapiens über die Kontinente und nistete sich in allen Nischen ein, die der Planet zu bieten hatte.

Bald schon begannen die ersten Tierarten auszusterben, das Mammut und der Riesenhirsch bildeten nur den Anfang einer langen Kette von Opfern der hominiden Erfolgsgeschichte. Der Zweibeiner weigerte sich immer mehr, sich den Gesetzen der Natur zu unterwerfen, wurde fremd und verbreitete Angst und Schrecken.

Der Preis, den er dafür bezahlen musste, war ein Gefühl der Verlorenheit, des Verlassenseins, das ihn manchmal in einsamen Nächten beschlich, eine Sehnsucht, die ihn auf die Suche schickte nach den Dingen hinter den Dingen und zahlreiche Riten und Religionen gebar.

Der Mensch war aufgebrochen und hatte das Paradies verlassen: Ein Experiment mit ungewissem Ausgang.

Grahn spürte die Gegenwart des neuen Wesens, bevor es die Augen seines Wirtskörpers sehen konnten. Eine Präsenz von ungeheurer Intensität. Vorsichtig, jeden Laut vermeidend, jede Deckung ausnutzend, pirschte er sich heran.

Dann, endlich, konnte er es sehen. Der Anblick war jedoch enttäuschend. Das Wesen bewegte sich ungelenk auf zwei Beinen vorwärts. Eine unsinnige und mühsame Art der Fortbewegung, die dem Körper ständiges, hochkompliziertes Ausbalancieren abverlangte, damit er nicht umkippte. Außerdem hatte es weder Fangzähne noch Klauen. Selbst das Fell war bis auf einen unbedeutenden Rest, der den hoch aufragenden Kopf bedeckte, ausgefallen. Grahn verglich das Bild, das sich ihm bot, mit den Beutetieren, die er bislang gejagt hatte. Vermutlich ein scheuer, harmloser Pflanzenfresser. Ein Tier von der Art, die nur Flucht oder wehrlose Ergebung kannten, kaum fähig, Schmerz oder Angst in den Dimensionen zu empfinden, die Grahn zufrieden gestellt hätte. Die einzige Überlebensstrategie, die solche Wesen kannten, war, eine Unzahl an Jungtieren in die Welt zu setzen, damit wenigstens ein geringer Teil davon überleben, sich wiederum vermehren und die Art erhalten konnte. Und trotzdem war da diese Präsenz ...

Grahn war irritiert, seine Erfahrung sagte ihm, dass der Zweibeiner harmlos sein musste. Er schien noch nicht einmal über besonders scharfe Sinne zu verfügen. Während Grahn unbemerkt näher schlich, schlenderte der Zweibeiner arglos über die Steppe und stocherte hin und wieder mit einem langen Stock im Boden herum. Das Bewusstsein des Wolfes wurde bei diesem Anblick unruhig und wand sich hin und her, sandte Signale von höchster Panik aus und versuchte, seinen Bezwinger abzuschütteln. Grahn unterdrückte diese Regungen mit aller ihm zur Verfügung stehenden Macht. Er würde schon herausfinden, was es mit diesem Wesen auf sich hatte. Bis aufs Äußerste angespannt, näherte er sich ihm so weit, dass er ihn mit einem Sprung erreichen konnte, dabei beobachtete er genau seine Reaktion. Der

Zweibeiner hatte den Wolf offensichtlich noch immer nicht bemerkt.

Aus der Kehle des Wolfes drang ein tiefes, bedrohliches Knurren. Dann ließ Grahn das Tier einen gewaltigen Satz machen. Mitten im Sprung bemerkte er seinen fatalen Irrtum. Die Warnung des Wolfs war berechtigt gewesen, der Zweibeiner war gefährlicher, als er es geahnt hatte. Als hätte er nur auf ihn gewartet, wirbelte er blitzschnell in einer eleganten Bewegung herum und hielt dem Wolf den Stock entgegen, an dessen Ende eine tödliche Steinspitze befestigt war.

Bevor der Wolf starb, prägte sich Grahn das Aussehen dieses Wesens genau ein. Das war das erste und letzte Mal, dass er von einem Menschen überrumpelt worden war. Dann versank er im Strudel der Zeit, die für ihn nichts als eine weitere erfahrbare Dimension bedeutete. Wie ein Fisch in wirbelndem Wasser schwamm Grahn in den Jahrtausenden, bis er irgendwann in einem anderen späteren Zeitalter wieder ausgespuckt wurde. Grahn konnte nicht sterben, nicht auf diese Art. Er würde sich erneut auf die Jagd begeben; aber diesmal gab es für ihn nur noch eine Beute ...

Der Dolch

Ratlos betrachtete Wolf die wahllos über seinen Schreibtisch verstreuten Bilder. Er saß jetzt schon seit über einer Stunde vor den Aufnahmen, die Maximilian vom Tatort gemacht hatte.

Yvonnes letzter Fototermin. Wolfs gut geschulte Denkmaschine arbeitete auf Hochtouren, suchte Anhaltspunkte, erfasste, verglich, wertete aus, stellte Vermutungen auf, entwickelte Theorien und verwarf sie wieder. Eigentlich war es noch viel zu früh, derart in die Geschichte einzusteigen, er hatte noch viel zu wenige Anhaltspunkte. Natürlich waren sie ausgeschwärmt, hatten Yvonnes Bekanntschaften und Kolleginnen aufgesucht, das Milieu abgegrast – aber ohne Ergebnis. Yvonne, sonst nicht zu übersehen, war am Abend vor ihrem Tod plötzlich verschwunden, und niemand hatte etwas bemerkt. Dabei war man durchaus gewillt mitzuarbeiten. »Schaut zu, dass ihr das Schwein erwischt!«, hatte ihm Yvonnes beste Freundin unter Tränen zugezischt und Wolf heimlich eine Liste mit Yvonnes Stammkundschaft zugesteckt. Im Milieu war man aber nicht nur wütend. Angst machte sich breit und klebte an den Prostituierten wie zäher Schleim. Zur Zeit wusste niemand, ob es ein Einzelfall war, vielleicht eine schreckliche Form der Rache, oder ob jetzt in Euskirchen ein Psychopath vom Format eines »Hannibal Lektor« umging.

Die bekannte und bewährte Vorgehensweise, die vorgegebenen Fragen, das eingeübte Wechselspiel mit Maximilian, wenn einer der Befragten nicht so recht mit den gewünschten Informationen rausrücken wollte, hatten nach und nach für wohltuende Ruhe in Wolfs Denkvorgängen gesorgt.

Das war auch bitter nötig. Er hatte ein Wochenende hinter sich, das mehr Anstrengung als Erholung gebracht hatte. Die Geburtstagsfeier am Samstag zu seinem Fünfunddreißigsten war aus seiner Sicht die reinste Qual gewesen. Seit Freitagabend hatten ihn fürchterliche Kopfschmerzen geplagt, nachts war er von düsteren Albträumen heimgesucht worden, die ihn immer wieder aus dem Schlaf hatten hochfahren lassen, und sein Kopf war ein einziges Chaos gewesen. Er hatte keinen klaren Gedanken fassen können. Marion hatte ihn am Samstagnachmittag irgendwann regelrecht rausgeschmissen. Wenn er sowieso nichts auf die Reihe kriegen würde, könnte er ihr wenigstens aus dem Weg gehen.

Wolf war heilfroh gewesen, als die Feier endlich zu Ende war und er sich ins Bett legen konnte, auch auf die Gefahr hin, dass mit dem Schlaf auch die Albträume kommen würden.

Maximilian war scheinbar der Einzige, der bemerkte, wie es um ihn stand. Als Wolf am Montagmorgen in ihr gemeinsames Büro kam, hatte sein Kollege ihn nur kurz angesehen, war dann aufgestanden und hatte ihn sanft am Arm gepackt. »Komm, wir machen einen kleinen Spaziergang, das bringt dich auf andere Gedanken.«

Sein Kollege war ungewöhnlich ausgeglichen gewesen, er hatte sich offensichtlich schneller erholen können als er selbst.

Am Dienstag war Wolf dann schon wieder ganz der Alte.

Heute Morgen, einen Tag später, war ihm bei seiner Ankunft im Büro ein brauner Umschlag aufgefallen, den jemand mit seinem Namen versehen hatte. Er hatte seit gestern ungeöffnet auf seinem Schreibtisch gelegen.

Zögernd griff er nach einem Brieföffner und trennte den Umschlag an der Seite auf.

Die Reihe Fotos, die daraufhin auf den Tisch fiel, verteilte sich wie zähflüssiger Schleim über die Schreibunterlage.

Wolf wusste sofort, um was es sich handelte. Es waren die Fotos von Yvonnes Fundort. Dabei fiel ihm auf, dass er sich die restlichen Beweismittel noch nicht einmal angeschaut hatte. Sie waren in einer grauen Plastikkiste aufbewahrt, die unberührt auf einem Nebentisch stand. Das war seltsam, er konnte sich nicht daran erinnern, sie angefordert zu haben.

Dann nahmen ihn die Fotos in Beschlag. Und jetzt, nach einer guten Stunde, war er keinen Schritt weitergekommen, außerdem setzten schon wieder diese Kopfschmerzen ein.

Maximilian hatte heute einen »wichtigen Termin«, wie er sich ausdrückte, und früher Schluss gemacht, daher war Wolf allein im Büro. Niemand konnte ihn von dem ablenken, was sich hinter seinen im Schmerz zugekniffenen Augenlidern tat.

Wolf meinte, düstere Bilder zu erkennen, aber sie wurden viel zu kurz eingeblendet, als dass er Genaueres wahrnehmen konnte. Gequält schüttelte er den Kopf. Es hatte keinen Zweck, er sollte besser aufhören und nach Hause gehen.

Mit ein paar schnellen Bewegungen raffte er die Bilder zusammen und wollte sie gerade in den Umschlag zurückstecken, als sein Blick auf das oberste Foto fiel. Es zeigte Yvonnes Hand mit dem Dolch, den ihr Mörder dort hineingelegt hatte.

Hatten sie darauf eigentlich irgendwelche Fingerabdrücke gefunden?

Ein seltsames Summen gesellte sich zu seinen Kopfschmerzen, während Wolf nach der Kiste langte. Er wollte sich das Beweisstück genauer ansehen. Der Dolch sah irgendwie antik aus. Vielleicht könnte Maximilian etwas dazu sagen. Der Kollege war ein Waffennarr und verfügte über eine beachtliche Sammlung altertümlicher Exemplare. Ein ziemlich teures Hobby, aber Maximilian konnte sich schon immer mehr leisten als seine Kollegen.

Aber der Dolch war nicht bei den anderen Fundstücken. »Wahrscheinlich ist er noch unten im Lager«, murmelte Wolf, nahm den Hörer seines Telefonapparates ab, wählte eine Nummer und wartete.

»Kaiser hier.«

»Hallo Lutz, hier ist Wolf. Sag mal, hast du noch Beweisstücke von dem Fall Wegmeier? Ich vermisse da etwas.«

»Einen Moment, hast du die Nummer?«

Wolf schaute auf die Vorderseite der Kiste, wo die Registriernummer für die Beweisstücke angebracht war, und gab sie seinem Kollegen durch. Deutlich vernahm er das Knacken, als Lutz Kaiser den Hörer ablegte. Dann hörte er Schritte und ein leises Rascheln im Hintergrund. Nach einer Weile knarrte es unangenehm, als der Hörer wieder aufgenommen wurde.

»Tut mir Leid. Hier unten ist nichts mehr. Du müsstest alles oben haben.«

Wolf stutzte, schaute über seinen Schreibtisch, wühlte noch einmal in der Plastikkiste, rollte dann seinen Bürosessel zurück und schaute auf den Boden unter seinem Schreibtisch nach. Aber da war auch nichts. Schließlich wandte er sich wieder seinem Gesprächspartner zu. »Also, ich kann mir nicht helfen, aber ich kann das Messer nirgendwo finden.«

»Messer?«

Wolf sah vor seinem geistigen Auge, wie sich Kaisers Stirn kraus zog.

»Hast du gerade Messer gesagt?«, fragte dieser noch mal nach.

Wolf seufzte kurz auf. Klar, war wohl nicht der richtige Fachausdruck für seinen peniblen Kollegen. »Ja, gut. Es ist kein Messer, sondern ein Dolch, mit beidseitig geschärfter und verzierter Klinge und dunklem Holzgriff, wahrscheinlich irgendein Edelholz. Sieht ziemlich wertvoll aus. Wenn du es in deinem Chaos da unten findest, solltest du vorsichtig sein. Das Ding ist höllisch scharf.«

Ganz gegen seine sonstige Art antwortete Lutz nicht auf die Stichelei seines Kollegen. Wolf hörte lediglich Papier rascheln und anschließend das Klappern von schnell angeschlagenen PC-Tasten.

»He, Lutz, was ist los? Hast du was gefunden?«, fragte Wolf, als es ihm zu lange dauerte.

»Nein«, kam nach kurzer Zeit die Antwort. »Und ich werde auch sicherlich keinen Dolch finden. Hier ist nämlich keiner abgegeben worden. Wenn du von Chaos redest, solltest du vielleicht mal bei dir nachschauen, bevor du unschuldige Kollegen belästigst, die auch ohne deine Störungen genug Arbeit haben.«

»Na, das hört sich schon eher nach Lutz an«, stellte Wolf fest.

Bevor er etwas erwidern konnte, fuhr Lutz fort: »Aber mal ganz im Ernst. Bist du sicher, dass du da nicht was verwechselt hast? Auf keiner meiner Listen ist so ein Dolch verzeichnet und im PC ist auch nix.«

Wolf schaute irritiert auf das Foto. Der Dolch lag immer noch in Yvonnes Hand, mit silbrig blinkender, fein ziselierter Klinge. Plötzlich hatte er das Gefühl, dass da jemand gerade seinen Blick scharf gestellt hatte. Mit beängstigender Intensität wurden ihm zwei Dinge klar: Zum einen hatte der Dolch eine blitzsaubere Klinge, ohne die geringste Blutspur. Warum war ihm das nicht sofort aufgefallen? Das hieß, er war entweder nicht die Tatwaffe, oder der Mörder hatte sich die Mühe gemacht, ihn gründlich zu reinigen. Aber warum? Welchen Sinn machte es, eine falsche Tatwaffe zu hinterlassen oder das Risiko einzugehen, sich länger als nötig am

Tatort aufzuhalten, um eine Mordwaffe zu reinigen, die man zur Spurenbeseitigung besser und einfacher hätte mitnehmen und anschließend verschwinden lassen können? Ein Wald aus Fragezeichen tat sich vor Wolf auf. Der Dolch hatte mit Sicherheit eine tiefere Bedeutung, war womöglich eine Spur, die zum Täter führen konnte.

»He! Hallo Wolf. Lebst du noch?« Lutz hatte offensichtlich keine Lust mehr, dem Schweigen aus seinem Hörer zu lauschen, und riss Wolf aus seinen Gedanken. »Also wenn du mich jetzt nicht mehr brauchst, würde ich gerne Schluss machen. Die Liste ist in der Kiste, da kannst du dich selbst überzeugen.«

Wolf murmelte ein unverständliches »Ja, gut«, legte auf und starrte das Telefon an.

Er brauchte sich nicht mehr zu vergewissern, denn ihm war klar geworden, dass er den Dolch nie bei Lutz abgegeben hatte. Fassungslos über sein eigenes Verhalten, erinnerte er sich mit einem Mal daran, dass er das wichtige Beweisstück vorsichtig aus Yvonnes Hand genommen und dann in seine Jackentasche gesteckt hatte. Seltsam nur, dass das keiner seiner Kollegen bemerkt hatte. Dann fiel sein Blick auf die unterste Schublade an der rechten Seite seines Schreibtisches. Ein greller Schmerz in seinem Kopf ließ ihn unwillkürlich zusammenzucken. Seine Erinnerungen konnten ihm nicht sagen, was er weiter mit dem Dolch gemacht hatte. Trotzdem wusste er mit einer Deutlichkeit, die er nicht erklären konnte, dass sich die Waffe genau dort in der Schublade befand.

Wie in Trance tasteten seine Finger nach dem Griff. Dabei musste er den Impuls unterdrücken, sich nach allen Seiten nach etwaigen Beobachtern umzuschauen. Zum Glück war er allein in seinem Büro. Was er da getan hatte, konnte ihm mächtigen Ärger einbringen – Unterschlagung von Beweisstücken war ein ernst zu nehmendes Delikt.

»Wolf, stell dich nicht so an«, schalt er sich selbst. »Wenn das Ding tatsächlich da drin ist, wird dir schon irgendetwas einfallen, es dem Lutz wieder unterzujubeln.«

Mit einem beherzten Ruck zog er schließlich die Schublade auf und schaute hinein. Wolf schnappte entsetzt nach Luft, als er sah, was sich darin befand.

»Herr Krüger?«

Der Schreibtisch zitterte unter der Wucht, mit der die Schublade wieder zugeschlagen wurde. Wolf spürte, wie sein Gesicht sämtliche Farbe verlor. Winzige, glühende Punkte tanzten vor seinen Augen. Er war mit einem Ruck hochgefahren und stand völlig überrascht vor einem Mann, den er hier noch nie gesehen hatte. Wolf öffnete den Mund, um dem Eindringling klar zu machen, was er davon hielt, dass man sich in sein Büro einschlich, aber sein Gegenüber kam ihm zuvor. »Entschuldigen Sie bitte, es tut mir Leid, wenn ich sie erschreckt habe, aber die Tür stand offen und da dachte ich ...«

Dabei blitzte es in den Augen des Mannes. Wolf bekam plötzlich das Gefühl, ein Beutetier zu sein, das seinem Jäger gegenübersteht. Der Schock wirkte immer noch nach, und er spürte wie kalter Schweiß an seinem Rücken herablief.

Warum eigentlich?, wunderte sich Wolf über seine eigene Reaktion. Dass eins der Beweisstücke abhanden gekommen ist, konnte noch niemand bemerkt haben.

Der Mann war in Zivil gekleidet, aber Wolf erkannte sofort, dass er einem Polizisten gegenüberstand, einem von der besonderen Sorte. Was sich unmittelbar darauf bestätigte:

»Rudloff, Jürgen Rudloff«, stellte sich der Mann mit einem undurchschaubaren Lächeln vor. »Ich komme vom BKA,

Abteilung Okkulte Verbrechen.« Gleichzeitig zückte er seinen Dienstausweis und hielt ihn Wolf vor die Nase.

Verlegen strich Wolf seine Hände an der Hose ab, schaute runter zu den Fotos, die er Gott sei Dank ins Kuvert zurückgetan hatte, und ganz kurz zur Schublade – zum Glück verschlossen –, dann wandte er sich Rudloff zu. »Ich habe in letzter Zeit ziemlich viel um die Ohren, da wird man schon mal ein bisschen nervös«, versuchte er, sein Verhalten zu erklären. Dann reichte er ihm die Hand. »Wolf Krüger. Womit kann ich Ihnen behilflich sein?«

»Man hat mir gesagt, dass Sie mit dem Fall Wegmeier beauftragt sind«, antwortete Rudloff.

Wolf spürte, wie ihm abwechselnd heiß und kalt wurde. Ausgerechnet jetzt tauchte dieser Typ hier auf. Wahrscheinlich würde der Kerl sofort alle Unterlagen einsehen wollen und dann sehr schnell merken, dass dieser Dolch fehlte. Die Schublade! Er musste unbedingt Zeit gewinnen, ihn irgendwie abwimmeln. »Äh, ja«, stammelte Wolf, entsetzt darüber, wie wenig er sich im Griff hatte. »Wir haben zwar schon die ersten Zeugenbefragungen durchgeführt, aber allzu viel kam dabei nicht heraus.« Na bitte, das klang schon viel gefestigter. Was nun folgte, war ein ausführlicher Bericht, bei dem Wolf versuchte, so wenig Interesse wie möglich zu wecken, ohne den Eindruck zu hinterlassen, dass er etwas vertuschen wollte. »Ein ungewöhnlicher Fall«, schloss er seine Ausführungen ab. »Aber ich glaube nicht, dass die Sache etwas mit Satanisten und Geisterbeschwörern zu tun hat.«

Rudloff hob seine rechte Augenbraue, dabei regte sich die linke um keinen Millimeter. Der Blick seiner Augen wurde für einen Moment hart und kalt. Wolf hatte das Gefühl, glatt durchbohrt zu werden. Er spürte, wie seine Knie weich wurden, aber er hielt stand.

Nach einer Ewigkeit (nach Wolfs Zeitgefühl) zuckte Rudloff mit den Schultern. Er war wohl zu der Ansicht gekommen, dass Wolf nur Angst um seinen einzigen interessanten Fall habe. »Mein Spezialgebiet umfasst eine ganze Reihe verschiedener Möglichkeiten«, erklärte er in einem Tonfall, dem man anmerkte, dass er das Folgende schon sehr oft hatte sagen müssen. »Es gibt weitaus mehr Gruppierungen als Satanisten und Geisterbeschwörer. Aber das sollte nicht Ihr Problem sein. Ich will Ihnen den Fall nicht wegnehmen oder mich einmischen. Ich habe auch einmal genau da gesessen, wo Sie jetzt sind, und ich weiß sehr gut, wie lästig es ist, wenn einem andere ins Handwerk pfuschen. Es reicht mir vorerst vollkommen aus, wenn Sie mich einfach nur auf dem Laufenden halten.« Bei den letzten Worten nahm Rudloff eine Visitenkarte aus der Brusttasche seines Hemdes und reichte sie Wolf.

Die Erleichterung, die Wolf verspürte, war ihm mit Sicherheit anzumerken, er war nun mal kein guter Schauspieler. Trotzdem war er sich bewusst, dass sich diese Zurückhaltung bald ändern würde. Sein Gegenüber besaß die Augen eines Jägers und Wolf hatte das unbestimmte Gefühl, dass ihm nicht allzu viel Zeit blieb, bis der BKA-Mann auf die Idee käme, sich die Unterlagen selber einmal anzusehen. Nach einem knappen Abschiedsgruß verließ Rudloff endlich das Büro.

Die Schublade!, durchfuhr es Wolf, als er allein war. Nachdem er sich vergewissert hatte, dass Rudloff auch den Flur verlassen hatte, schloss er die Tür ab, ging zu seinem Schreibtisch, setzte sich wieder hin und atmete mehrmals tief durch. Erst als sein Puls einen einigermaßen normalen Wert erreicht hatte, wagte Wolf es, die Schublade zu öffnen, um sich endlich seinem dringendsten Problem zu widmen.

Der Dolch, den er, warum auch immer, unterschlagen hatte, lag immer noch da drin.

Dunkel glänzte das polierte Edelholz des Griffes. Dunkel glänzte auch das frische Blut, eindeutig echtes Blut, das die einst silbrig schimmernde Klinge vollständig bedeckte. In Wolfs Gehirn begannen die Gedanken zu kreisen. Am Fundort hatte noch kein Blut an dem Dolch geklebt. Was ging hier vor? Wollte ihn da jemand fertig machen oder war er dabei, verrückt zu werden? Keine der beiden Möglichkeiten war erfreulich.

Rudloff

Mit langsamen, vorsichtig gesetzten Schritten umrundete er die mit weißen Linien auf den Boden gezeichnete Figur. Der Regen hatte für einen kurzen Moment ausgesetzt. Die für diese Jahreszeit ungewöhnlich milden Temperaturen ließen die Feuchtigkeit des wassergetränkten Bodens in dunstigen Nebelschleiern nach oben steigen.

Rudloff befand sich in einer kleinen, dunklen Seitengasse, die den Hinterhof zu einer Reihe zwielichtiger Etablissements bildete. An den Seiten stapelte sich übel riechender Müll, der seine eigene Geschichte vom Freizeitverhalten der menschlichen Rasse erzählte. Es war keine besonders schmeichelhafte Geschichte.

Am Ende der Gasse, die von einer Wand aus fauligen Brettern begrenzt wurde, war der Ort, an dem Yvonne/Roger, der Transvestit, sein Leben verloren hatte.

Der Kreideumriss, der die Lage des Körpers markierte, war nur noch schemenhaft zu erkennen, aber für Rudloff war er deutlich genug, um sich ein Bild von der Anordnung der Leiche machen zu können, auch ohne die Fotos der Kripo gesehen zu haben. Die würde er sowieso erst zum Schluss sehen wollen. Der optische Sinn des Menschen war ihm viel zu dominant und führte, wenn die Kandidaten seines Arbeitsbereiches am Werk gewesen waren, meist in die falsche Richtung.

Rudloff blieb stehen, schloss seine Augen und atmete mehrmals tief ein und aus. Nach kurzer Zeit wurde sein Kopf leer und das bekannte Gefühl zu schweben machte sich in seinem Innern breit. Etwa zehn Minuten stand er unbeweglich da. Selbst der wieder einsetzende Regen konnte

Rudloff nicht aus seiner Starre wecken. Endlich öffnete er die Augen. Viel war nicht mehr zu spüren, trotzdem war er sicher, dass es hier nicht mit rechten Dingen zugegangen war. Auch sein Besuch bei dem zuständigen Polizeibeamten vor einer guten Stunde lieferte sehr deutliche Indizien. Die offensichtliche Nervosität und die tiefe Verwirrung in den Augen des Mannes waren typisch für Kollegen, die dem Unbegreifbaren begegnet waren. Trotzdem schien er Angst zu haben, dass Rudloff ihm den Fall abnehmen könnte.

»Wenn der Hilfssheriff wüsste, wie gerne ich ihm den ganzen Kram überlassen würde, mit dem ich mich ständig herumschlagen muss«, seufzte Rudloff vor sich hin.

Sein Spezialgebiet war alles andere als selbst gewählt. Es war mittlerweile schon acht Jahre her, als er seine geniale Schnüffelnase in Angelegenheiten gesteckt hatte, die seinen bescheidenen Einflussbereich bei weitem überstiegen. Er war ein paar hohen Tieren und deren schmutziger Wäsche zu nahe gekommen. Schmieren konnte man ihn nicht, Rudloff war aus Prinzip unbestechlich. Rausschmeißen oder schassen auch nicht – dafür war er zu gut und wusste bereits zu viel. Also versetzte man ihn kurzerhand in eine eigens für ihn geschaffene Abteilung des BKA, in der er keinen Schaden anrichten konnte.

Okkulte Verbrechen!

Was da auf seinem Schreibtisch landete, entzog sich jeder vernünftigen Erklärung. Jedenfalls wenn man es mit der Wahrheit so genau nahm wie Rudloff. Innerhalb der ersten zwei Jahre hatte sich sein Weltbild auf den Kopf gestellt und seine Einstellung zur Wahrheit umgekrempelt. Erst als er lernte, das Unmögliche als das Nächstliegende anzunehmen, konnte er seine Fälle auch wirklich lösen.

Wie ein Scanner tastete Rudloff den Tatort mit seinen Augen großräumig ab. Schon nach wenigen Sekunden blieb er an einem Detail hängen: Ein kleiner, dunkler Fleck, trotz des regennassen Bodens für seine scharfen Augen gut zu erkennen. Neugierig ging er näher.

Ein Blutfleck, der sich der Säuberungsaktion der Feuerwehr hartnäckig widersetzt hatte. An sich nichts Besonderes, wenn er nicht die Form eines Tatzenabdrucks gehabt hätte. Ein ziemlich großer Hund musste wohl vor dem Eintreffen der Polizei hier gewesen sein. Vielleicht die natürliche Lösung für das angenagte Herz?, schoss es ihm durch den Kopf. Aber diesen Gedanken verwarf er nach kurzer Überlegung wieder. Der Hund oder was auch immer es war, hätte den Leckerbissen sicherlich nicht in der Hand der Toten zurückgelassen. Seltsam war nur, dass nicht mehr als der eine Pfotenabdruck zu sehen war.

Rudloff schaute sich stirnrunzelnd um, als sein Handy klingelte: einer seiner Informanten.

Er hatte sich im Laufe der Jahre ein dichtes Netz aus mehr oder weniger freiwilligen Mitarbeitern aufgebaut, die ihn jedes Mal verständigten, wenn etwas passierte, das für Rudloff von Interesse sein konnte. Die Begabung, instinktiv zu spüren, wenn ein Mensch etwas zu verbergen hatte, war bei der Rekrutierung solcher Leute in vieler Hinsicht von Vorteil. Hinzu kam Rudloffs geniale Spürnase, sodass er selten sehr lange brauchte, um genau zu wissen, wie er seine Informanten »motivieren« konnte. Wichtig war dabei aber auch ein gewisses Fingerspitzengefühl, das hatte ihm die Affäre vor acht Jahren sehr deutlich gezeigt.

Wie der klassische Elefant im Porzellanladen hatte er damals unbekümmert allen Beteiligten kräftig auf die Füße getreten, in der naiven Überzeugung, dass das Recht am

Ende immer siegen würde. Mittlerweile hatte er einiges dazugelernt. Es galt, den Bogen zu spannen, Besorgnis zu erregen, bei Bedarf auch Angst zu schüren. Aber nie zu viel, sonst wurden die Menschen unberechenbar und bisweilen gefährlich. Rudloff war mit dieser Taktik nicht unbedingt beliebt, aber auf Zuneigung hatte er nie großen Wert gelegt. Er war ein klassischer Einzelgänger.

Das Gespräch dauerte nicht länger als zwei Minuten, aber ein guter Beobachter hätte auch in dem dämmrigen Licht der Gasse bemerkt, dass Rudloff sehr blass war, als er die Verbindung beendete und sich mit schnellen Schritten entfernte.

Grahn II

Vitus schritt betont würdevoll auf den Eingang der kleinen Tempelanlage zu. Sie bestand aus einem Haupttempel und zwei kleineren Nebentempeln. Der Haupttempel hatte einen überdachten Umgang und war, wie auch die kleineren Tempel, aus Stein gemauert. Die ganze Anlage war von einer Steinmauer eingefasst, deren Hauptzugang auf der östlichen Seite direkt gegenüber dem Eingang des größeren Tempels lag. Er war den Matronen geweiht. Diesen steuerte Vitus an.

Wie er in Erfahrung hatte bringen können, handelte es sich bei den Darstellungen immer um eine Jungfrau, eine erwachsene und eine alte Frau, die Fruchtbarkeit, Weisheit, aber auch Tod und Verfall symbolisierten. Sie waren keltischen Ursprungs und wurden seit Hunderten von Jahren als Mutter, Fruchtbarkeits- und Schutzgottheiten verehrt.

Während er langsam voranschritt, im Gefolge seine Mannen, die keuchend die Last der Opfergaben schleppten, registrierte er zufrieden, dass sich eine ganze Menge einfachen Volkes seinem Zug zum Tempel angeschlossen hatte. Leise flüsternd blieben sie außerhalb der Umfriedung stehen.

Bevor Vitus die Tempelanlage betrat, ließ er seinen Blick über das verträumte Tal zu seiner Rechten schweifen. Ein kleiner Wasserlauf schlängelte sich durch die Landschaft, gesäumt von Hecken und Büschen. Leise, verweht, drang fernes Hämmern aus einer Schmiede herauf.

Die Tempelanlage befand sich auf der Spitze eines Hügels, mit weitem Blick über das Land und die vorbeilaufende

Heeres- und Handelsstraße, die der Stadthalter Agrippa hatte bauen lassen. In gerader Linie verband sie die beiden wichtigen Städte Colonia Agrippina und Augusta Treverorum miteinander. Direkt unterhalb befand sich eine kleine Siedlung mit einer Handvoll Häusern, einigen Bauernhöfen und kleineren Handwerksbetrieben, die das in der Gegend abgebaute und verhüttete Eisenerz verarbeiteten. Außerdem trafen sich hier Reisende und Händler zum Austausch von Waren und Neuigkeiten. Beides war gleichviel begehrt.

Vitus befehligte einen kleinen Kontrollstützpunkt ganz in der Nähe, an dem er seit gut fünf Jahren auf seine Abberufung zurück nach Rom wartete.

Gestern Abend war die Nachricht eingetroffen, dass es nun soweit war. Seine Verwandten in Rom hatten endlich die Rücknahme seiner Strafversetzung in diesen verlassenen Teil der germanischen Provinz erwirkt. Das wiederum war nur möglich, weil sich die Verhältnisse in der Hauptstadt des Römischen Imperiums zu seinen Gunsten geändert hatten.

Die mehr oder weniger derben Vergnügungen des Soldatenlebens hatten Vitus nicht darüber hinweg trösten können, dass er verbannt worden war. Zwar konnte er sich hier nehmen, was er haben wollte – jedenfalls solange er keine römischen Staatsbürger belästigte –, aber nichts war mit dem Reichtum und den Freuden Roms zu vergleichen.

Nun war die Erlösung da, und Vitus wollte sich als Dank für diese Schicksalsfügung den Göttern erkenntlich zeigen.

Er stand unmittelbar vor dem Eingang zum Haupttempel und wollte gerade eintreten, als ein rasender, stechender Schmerz seinen Kopf schier zu spalten schien.

Benommen taumelte er zurück und hielt die Hände fest an die Schläfen gepresst. Ihr Götter, was war das? Ein dicker

Nebel schien seine Gedanken einzuhüllen, Vitus hatte das Gefühl, in ihm würde etwas laut aufschreien. Etwas, das nicht Teil seiner selbst war. Für einen kurzen schrecklichen Moment glaubte Vitus, dass er von einem Dämon besessen sei. Aber das konnte nicht sein. Er hatte sich immer an die dafür vorgesehenen Vorsichtsmaßnahmen gehalten. Er hatte keinen der zahlreichen Festtage zur Ehrung der Götter ausgelassen, das Licht an seinem Hausalter war nie erloschen. Der Offizier hatte Unsummen an Priester und Schamanen ausgegeben, die die Gunst der Götter zu seinem Vorteil wenden und ihn mit ihrem Zauber schützen sollten.

Sekunden später war der Spuk vorbei, die Schmerzen so schnell verflogen, wie sie gekommen waren. Erschrocken schaute sich Vitus um. In den Gesichtern seiner Soldaten und der gaffenden Bevölkerung spiegelte sich Erstaunen, Misstrauen und eine unübersehbare Spur von Schadenfreude. Und die Frage, ob das eine Ablehnung der Götter war? Vitus war sich da selbst nicht so sicher. Ihm fiel zwar kein besonderer Grund ein, denn schließlich hatte er sich genauso benommen wie seine Vorgänger auch, aber es war durchaus möglich, dass diese Matronen ihm, dem Fremden, nicht wohlgesonnen waren. Vorsichtig näherte er sich dem Eingang. Würden die Schmerzen wiederkommen?

Ein Messer, das brutal in seinen Schädel gerammt wurde, hätte nicht schmerzhafter sein können. Mit letzter Willenskraft unterdrückte Vitus einen Schmerzensschrei und wich zurück.

Die Matronen lehnten ihn ab. Das war gar nicht gut! Im günstigsten Fall musste er sich nun einer langwierigen und kostspieligen Prozedur der Reinigung unterziehen, um sich anschließend dem Tempel erneut nähern zu können.

Vitus reckte sich hoch und sah seine Legionäre an, während er die Panik in seinem Inneren unterdrückte.

Plötzlich stieg eine unbändige Wut in ihm auf. Mit welchem Recht machte ihn dieses Weibsvolk vor den Augen seiner Soldaten lächerlich? Im Vergleich zu den wahren römischen Gottheiten waren sie doch ein Nichts!

»Niederreißen!«, schrie er mit schriller, sich überschlagender Stimme. »Reißt den verdammten Tempel nieder!«

Die Legionäre zuckten zusammen, als hätte sie ein Peitschenhieb getroffen. Die Stimme ihres Vorgesetzten war voller Hass und Abscheu, seine Augen funkelten sie mit abgrundtiefer Bosheit an. So hatten sie ihn noch nie erlebt. Es war auch nicht mehr Vitus, der da wie ein Tobsüchtiger wütete, sein Schwert zückte und mit mordlüsternem Grinsen auf die entsetzten Zuschauer losging.

Grahn hatte sich des römischen Offiziers bemächtigt.

Seit seiner ersten Begegnung mit der Spezies Homo sapiens waren viele tausend Jahre vergangen, in deren Verlauf er Hunderte Male aufgetaucht war. Dabei hatte er gelernt, wie man in sie eindringen konnte. Es war schwer, viel schwerer als bei den Wesen, die sie als Tiere bezeichneten. Und nicht jeder war geeignet. Sie mussten einen dunklen Fleck haben, ein Erlebnis, das ihnen Schuldgefühle bereitete und das sie aus ihrem Bewusstsein verdrängten. Mit der Zeit lernte er, diese dunklen Flecken aufzuspüren und schrittweise die Kontrolle über die Menschen zu übernehmen. Es war schwierig und er musste vorsichtig sein, denn auch die Menschen hatten gelernt, ihn und sein Wirken zu erkennen. Sie sprachen dann von »Dämonen« und »Besessenheit«.

Vor gut fünfhundert Jahren hatte sein damaliger Wirtskörper einen »Druide« genannten Geistheiler aufgesucht. Dabei hatte Grahn zum ersten Mal erfahren müssen, dass es Kräfte gibt, die auch ihm gefährlich werden können. Was gerade mit ihm passiert war, kam dem, was der Druide damals mit ihm angestellt hatte, sehr nahe. Der Tempel war um ein ungeheures Energiezentrum herum erbaut worden. Erst im letzten Moment hatte er bemerkt, was los war. Einen Schritt weiter und er wäre verloren gewesen. Allein schon die Annäherung bereitete ihm kaum auszuhaltende Schmerzen. Rasend vor Wut setzte er mit dem Schwert des römischen Offiziers den flüchtenden Einheimischen nach. Zu ihrem Glück waren sie aufmerksam und schnell genug, um seinem Blutrausch zu entkommen.

Erst als Vitus' Körper die Kräfte versagten, beruhigte Grahn sich wieder. Und als von den drei kleinen Tempelgebäuden nur noch Schutt und Asche übrig geblieben waren, tauchte er ab und überließ Vitus' Bewusstsein das Feld.

Solche Ausbrüche waren nicht ungefährlich. Auch jetzt noch gab es im Römischen Reich Gesetze und Verträge, an die man sich tunlichst zu halten hatte. Vitus beschloss, die Ereignisse dieses schwarzen Tages aus seinem Gedächtnis zu streichen. Es war unsinnig, was er in seiner Wut angerichtet hatte, aber jetzt nicht mehr zu ändern.

Die willkürliche Zerstörung eines Tempels war sicherlich keine Kleinigkeit. Aber bis die Mühlen der Gerichtsbarkeit ihn erreichen würden, hätte er sich längst in eine Position vorgearbeitet, in der es ihm leicht fallen sollte, sich von so etwas freizukaufen.

3357

Jürgen Rudloff und Wolf Krüger trafen fast gleichzeitig am Tatort ein. Der Widerschein der Blaulichter von Notarztwagen, Krankenwagen und dem Einsatzfahrzeug der Polizei raste wie ein besessenes Irrlicht an den Mauern einer verlassenen Fabrikhalle entlang.

Das ehemalige Walzwerk in Euenheim war nach langem Hin und Her und trotz der Bemühungen der Belegschaft, die das Werk zum Schluss in eigener Regie weiterzuführen versuchte, geschlossen worden.

In Zeiten schwacher Konjunktur – und die Stahlindustrie dümpelte schon seit langem vor sich hin – konnte man sich auf Dauer nur behaupten, wenn genügend Kapital im Hintergrund stand, um Durststrecken zu überwinden. Verstärkt wurden die Schwierigkeiten durch eine global orientierte Konzernpolitik, die nicht zögerte, selbst wirtschaftlich rentable Werke stillzulegen, wenn sich dadurch der Aktienkurs verbessern ließ. Um das zu entsorgende Nebenprodukt »Arbeitskraft« konnte sich dann die Regierung kümmern, schließlich zahlte man nicht umsonst horrende Steuern am Wirtschaftsstandort Deutschland. Wie auch immer, das kleine Werk hatte keine Chance gehabt, und übrig geblieben war nur ein ausgeschlachteter, schmutzig-grauer Gebäudekomplex, der in stummer Agonie auf seinen endgültigen Abriss wartete.

Wolf machte einen irritierten Gesichtsausdruck, als er Rudloff aus dem Wagen aussteigen sah. Dann fiel ihm ein, dass der BKA-Mann natürlich auch über Polizeifunk verfügen musste. Mit einem Kopfnicken begrüßte er den

»Kollegen« und wandte sich dem Polizisten zu, der neben dem Einsatzfahrzeug stand.

»Hallo Bernhard, scheint sich wohl auf dich einzuschießen?«

Bernhards Streife hatte nicht nur diesen Fund gemacht, sondern war auch in der letzten Woche als erste Einheit beim Yvonne/Roger-Tatort eingetroffen. Der Angesprochene, ein junger Polizist, der sonst nie eine Antwort schuldig blieb, nickte nur stumm. Wolf konnte selbst in dem schwindenden Licht der Dämmerung erkennen, dass sein Gesicht eine ungesund aussehende, grünlich-gelbe Farbe angenommen hatte.

»Ich hab ja schon 'ne ganze Menge gesehen«, meldete sich ein weiterer Polizist zu Wort, der gerade aus einer Seitentür nach draußen gekommen war. »Aber eine solche Schweinerei ist mir noch nicht unter die Augen gekommen.«

Der zweite Mann der Polizeistreife, Klaus Seifert, war erheblich älter als Bernhard. Auch er wirkte mitgenommen, hatte sich aber offensichtlich besser im Griff. Beruhigend klopfte er seinem »Gespannsmann« auf die Schulter. »Du kannst ruhig hier draußen bleiben, ich gehe mit den Kollegen rein und erkläre ihnen den Tatort.«

Bernhard konnte auch jetzt nur noch nicken. Dann verabschiedete er sich von Wolf und stieg in den Streifenwagen, wo ihm die vertrauten Stimmen aus dem Polizeifunk wenigstens den Anschein von Normalität vermittelten.

Wolf registrierte aus dem Augenwinkel, dass sich Notarzt- und Krankenwagen wieder abfahrbereit machten. Für sie gab es hier nichts mehr zu tun.

Rudloff hatte sich mittlerweile zu ihnen gesellt. Nachdem er Bernhard mit erhobenen Augenbrauen nachgeschaut hatte, richtete er sein Augenmerk auf dessen Kollegen. »Waren Sie beide die ersten am Tatort?«

Seifert, der Rudloff nicht kannte, antwortete nicht sofort, sondern schaute Wolf fragend an.

»Herr Seifert, das ist Herr Rudloff. Er arbeitet für das BKA, Abteilung okkulte Verbrechen«, klärte Wolf auf.

Rudloff nickte Seifert kurz zu. Dieser berichtete ihnen dann, dass in der Zentrale ein anonymer Anruf eingegangen sei, der sie zum stillgelegten Walzwerk führte. Während er erzählte, gingen sie auf das Werksgebäude zu. Seifert öffnete mit einigem Kraftaufwand eine dicke, rostbraune Stahltür und ließ sie in die Dunkelheit dahinter eintreten. Am Hall, den das Knirschen der ersten Schritte erzeugte, konnte Wolf erahnen, dass sie sich in einem großen Raum befinden mussten. Es dauerte einen Moment, bis sich seine Augen an das Dämmerlicht gewöhnt hatten. Hilfreich war der Lichtschein aus einem gegenüberliegenden Nebenraum.

Ein grässlicher, nur allzu vertrauter Geruch lag in der Luft. Der frische Atem des Todes ließ die Männer frösteln. Ganz gleich, wie lange und wie oft man ihm ausgesetzt war, an diesen Geruch hatte sich keiner von ihnen gewöhnen können.

Wolf und Rudloff warteten, bis Seifert die Tür geschlossen und eine dicke Stablampe eingeschaltet hatte, um den Weg auszuleuchten. Eine durchaus angemessene Vorsicht, denn überall lagen schwarze, ölig glänzende Kanthölzer und scharfkantige Blech- und Eisenteile herum. Vorsichtig gingen sie weiter, bis sie den hellen Korridor erreichten, den der Lichtschein aus dem Nebenraum in die Dunkelheit des Hallenbodens stanzte. Irgendjemand hatte von draußen eine Stromleitung gelegt und zwei starke Halogenstrahler daran angeschlossen. Wolf wunderte sich, wer da so schnell für die Beleuchtung gesorgt hatte, wurde dann jedoch vollkommen von dem Bild eingenommen, das sich ihm hier bot.

In wie viele Teile kann man einen Menschen zerlegen?, drängte eine irrsinnig klingende Frage in ihm hoch. Hätte er gewusst, was Rudloff dachte, wäre diese Frage sogar beantwortet worden. Dreitausenddreihundertsiebenundfünfzig.

Die Höchststrafe aus einer alten chinesischen Rechtsprechung, angewandt zu Zeiten, als die Kaiser dort noch die Macht und das Ansehen von Göttern hatten. Der Tod der 3357 Schnitte stellte alles, was sich der Mensch über Schmerzen vorstellen konnte, in den Schatten.

Rudloffs geübte Augen sahen an den unterschiedlichen Zuständen der Blutflecken, die über den ganzen Raum verteilt waren, dass die Prozedur hier mindestens zwei Tage gedauert haben musste. Sein Verstand weigerte sich, sich vorzustellen, welche Qualen das Opfer hatte durchmachen müssen. Die »Reste« ließen nach kurzer Überprüfung auf ein männliches Opfer schließen und einen Täter, dessen Wahnsinn Methode hatte. Die Teile, die früher mal einen Menschen ergeben hatten, waren nur auf den ersten Blick willkürlich im Raum verstreut worden. Sowohl Wolf als auch Rudloff erkannten instinktiv, dass die Anordnung ein ganz bestimmtes Bild abgeben sollte. Genau in der Mitte stand eine hohe Klappleiter, die wie ein übergroßes A bis fast unter die Decke führte. Es war eine leichte Ausführung aus Aluminium, wie sie überall erhältlich war, man sah ihr sofort an, dass sie noch nie benutzt worden war.

»Da will uns wohl jemand etwas vorführen«, sagte Rudloff, der als Erster die Sprache wiedergefunden hatte.

Wolf, der den gleichen Satz gedacht hatte, sah ihn erstaunt an. Konnte der Kerl etwa Gedanken lesen? »Oder einfach nur ein nettes Spielchen spielen«, sagte er laut, schüttelte aber dann den Kopf. Das hier sah eigentlich nicht nach Spielerei aus.

Rudloff zuckte nur mit den Achseln. »Vielleicht beides.«

Wolf bemerkte erleichtert, dass sein Verstand dabei war, die Oberhand zurückzugewinnen. Der grausige Anblick bekam etwas Abstraktes, hatte nichts mehr mit dem Menschen zu tun, der hier sein Leben gelassen hatte. Jetzt galt es, einen Job zu erledigen: Details aufnehmen, Spuren erkennen, Strukturen erfassen und einen Weg durch das Gemetzel finden, um mit möglichst sauberen Schuhen und ohne wertvolle Spuren zu verwischen, die Leiter zu erreichen.

Wolf erschauerte, als ihm klar wurde, dass der Täter für Letzteres Vorsorge getroffen hatte. Er hatte die Leichenteile so angeordnet, dass sie einen schmalen, verschlungenen Weg einfassten, der an der Tür begann und bei der Leiter endete. Was für ein kranker Geist musste dahinter stecken?

Wolf ging als Erster los, dicht gefolgt von Rudloff.

Wer auch immer das hier getan hatte, musste über tief gehende Kenntnisse der menschlichen Psyche verfügen. Eben noch in der Lage, sich von dem, was seine Augen erfassten, zu distanzieren, spürte Wolf, dass dieser »Weg« mit Macht an seinem Verstand rüttelte. Er hatte das Gefühl, Teil einer unbegreiflichen Zeremonie zu sein.

Statt ruhig und überlegen zu analysieren, ließ er sich, einer Marionette gleich, wie an unsichtbaren Fäden führen. Grausige Assoziationen stiegen in seinem Kopf auf, während sich seine Nackenhaare kribbelnd aufrichteten.

Der Täter hatte sein Spiel noch nicht beendet, und das, was hier lag, war auch nicht sein einziges Opfer, ja, vielleicht nur Mittel zum Zweck. Ein unerklärliches Gefühl, beobachtet zu werden, ließ Wolf plötzlich herumfahren. Zum Glück war Rudloff aufmerksam genug, nicht in ihn hineinzulaufen. Nicht auszudenken, wenn sie jetzt gestürzt wären!

»Ist was?«, fragte der BKA-Mann gereizt und sah Wolf scharf an.

Wolf schüttelte nur verwirrt den Kopf, drehte sich wieder um und ging weiter.

Endlich hatten sie die Leiter erreicht. Wolf fühlte trotzdem keine Erleichterung. Er meinte die Fäden, an denen er geführt wurde, fast schon körperlich zu spüren. Ungeduldig zerrte ein unbekannter Puppenspieler an ihm. Rauf auf die Leiter schien er ihn zwingen zu wollen. Tief aus den Windungen seines Gehirns sträubte sich etwas in panischer Angst dagegen, aber er hatte keine Wahl. Während Rudloff die Leiter sicherte, stieg Wolf langsam, Stufe um Stufe nach oben. Zuerst kramte er eine Kamera aus seiner Tasche, ein abgewetztes Umhängeteil, in dem er alle für die Spurensicherung erforderlichen Werkzeuge und Zubehörteile aufbewahrte. Dabei hefteten sich seine Augen fest auf einen Punkt an der Decke.

Bevor er sich dann doch dem Bild unter ihm zuwandte, atmete er einmal tief ein und aus, was er jedoch sofort bereute. Der Geruch, den er bis jetzt verdrängt hatte, vernebelt ihm fast die Sinne.

Wolf, reiß dich zusammen!, versuchte er, sich wieder in den Griff zu kriegen. Verdammt noch mal! Das hier war ein Job wie jeder andere und sonst nichts.

Dann sah Wolf nach unten, nahm das Bild, das der Mörder mit seinem Opfer konstruiert hatte, in sich auf und spürte, wie etwas Unbeschreibliches in ihm nach oben drängte. Sein Kopf und sein Magen rebellierten gleichzeitig. So schnell er konnte, machte er einige Fotos, dann flog er geradezu die Leiter hinunter, stürmte vorbei an dem irritierten Rudloff und rannte die Schleifen und Kehrtwendungen des Irrweges entlang. Seifert, der Wolf ansah, was mit ihm los war, sprang zur Seite und leuchtete ihm den Rückweg aus.

Endlich draußen, konnte Wolf nur noch seinen Magen auspumpen. Anschließend fühlte er sich gleichermaßen erleichtert wie beschämt. Das war ihm noch nie passiert. Wie konnte er so die Kontrolle über sich verlieren? Aber er hatte noch niemals zuvor so etwas gesehen.

Eine Hand legte sich beruhigend auf seine Schulter. Rudloff reichte Wolf ein Taschentuch, mit dem er sich den Mund abwischen konnte. Eine Weile standen sie sich schweigend gegenüber.

»Wir müssen den Irren kriegen und zwar schnell«, sagte Wolf schließlich und sah Rudloff fest in die Augen. Unter diesen Umständen war jegliches Konkurrenzdenken absolut lächerlich. Außerdem hatte Wolf direkt nach Rudloffs Antrittsbesuch am Morgen Erkundungen über den BKA-Mann eingezogen. Er war zweifelsfrei der Beste, den man für so geartete Fälle kriegen konnte.

»Nicht nur der Beste in Deutschland, sondern europaweit ... mindestens«, hatte ihm sein Informant am Telefon zugeraunt. »Der Kerl ist sogar seinen Chefs unheimlich.«

Selbst wenn nur die Hälfte von dem stimmte, was Wolfs Informant über Rudloff erzählt hatte, musste der Mann ein absolutes Genie sein. Ein harter Brocken für Wolfs verwöhntes Selbstbewusstsein. Aber das zählte jetzt nicht mehr. Nicht nach dem »Kunstwerk«, das eben vor seinen ungläubig entsetzten Augen angefangen hatte sich zu bewegen.

Wolf erschauerte heftig bei der Erinnerung, gab sich dann aber einen Ruck und wandte sich Rudloff zu. »Bei Ihrem Fachgebiet haben Sie sicherlich schon einiges gesehen: Aber haben Sie schon mal etwas erlebt, das Sie an Ihrem Verstand zweifeln lässt?«

Rudloff holte tief Luft, bevor er antwortete. »Mehr als einmal.«

»Dann sollten Sie auf die Leiter steigen und sich das Ganze anschauen.«

»Das habe ich bereits«, gab Rudloff zur Antwort.

Sie schauten sich einen Moment stumm in die Augen. Dann nickte Rudloff kurz, wandte sich ab und sah zum Himmel hinauf, an dem sich die ersten Sterne aus dem schwindenden Tageslicht herausschälten. Wolf fiel das leichte Zittern seiner Finger auf, als Rudloff eine Packung Zigaretten aus seiner Manteltasche kramte und ihm eine anbot.

Rudloff zuckte mit der Schulter, als Wolf ablehnte, zündete sich einen der Glimmstängel an und nahm einen tiefen Zug. »Ja«, sagte er schließlich. »Ich habe es auch gesehen.«

Dann ging er seiner Wege.

Wolf sah ihm noch lange nach, nicht ohne Neid, denn am liebsten wäre er ihm gefolgt. Aber auf ihn wartete hier noch eine Menge Arbeit. Jetzt, da er wusste, dass er nicht der Einzige war, der verrückte Dinge sah, fiel ihm die bevorstehende, eingehende Aufnahme des Tatortes leichter. Außerdem war gerade Verstärkung eingetroffen. Sein Kollege Maximilian hatte sich wohl doch noch von seinem wichtigen Termin loseisen können.

Nach zwei Stunden waren zu den ersten Fragezeichen eine Reihe weiterer dazugekommen. Rätselhaft war zunächst, wer die beiden Strahler aufgestellt hatte. Erst als man dem Stromkabel folgte, wurde klar, dass der Täter damit scheinbar die Ermittlungsarbeit erleichtern wollte. Das Kabel führte zum Mast einer Überlandleitung, wo es fachmännisch angeschlossen worden war. Bei den späteren Befragungen in der Umgebung fand sich kein Hinweis; niemand hatte etwas gesehen.

Aber da hatte Wolf schon wieder ganz andere Probleme.

Marion

Mit unterdrücktem Stöhnen richtete sich Marion in ihrem Bett auf. Eigentlich war es mehr ein mühsames Hochwuchten. Ihr Körper war um einiges schwerer, als es ihre geplagten Muskeln, Bänder und Knochen gewohnt waren. Der weit vorgewölbte Bauch forderte seinen Tribut und ließ jede Bewegung zu einem Kraftakt werden. Auf dem Rücken liegen wie vor ihrer Schwangerschaft konnte sie schon lange nicht mehr. Aber das war ihr nicht neu, schließlich hatte sie diese Prozedur schon zweimal überstanden – oder miterleben dürfen. Je nach Stimmungslage. Marions Hände streichelten sanft über ihren Bauch und versuchten Kontakt aufzunehmen zu dem Kind, das darin heranwuchs. Dem Wunschkind, das ihren Traum von einer perfekten Familie erfüllen würde. Nummer drei sollte das Bild einer großen, lebhaften Familie, das schon seit ihrer Kindheit in Marions Kopf herumgeisterte, endlich abrunden.

Mann, Haus, drei Kinder, ein Leben auf dem Land!

Und was dann?, flüsterte ab und zu eine kleine, ängstliche Stimme aus ihrem Innern. Bislang war es ihr immer wieder gelungen, unbequeme Zweifel an ihrem Lebensweg zu verdrängen. Es galt, das jeweils nächste Ziel zu erreichen. Was dann kam, würde sich schon irgendwie finden. Marion versuchte gerade, sich vorzustellen, wie der kleine Racker aussehen würde, wenn er erst mal auf der Welt war. Nach den Stepptänzen zu urteilen, die er oder sie manchmal veranstaltete, musste es ein ganz schön lebhaftes Kind sein. Marion wusste nicht, ob es ein Junge oder ein Mädchen war, sie wollte sich überraschen lassen.

Ein gequältes Stöhnen riss sie aus ihren Gedanken. Das Bett knarrte bedenklich, als Wolf sich ruckartig aufrichtete, ein paar unverständliche Laute von sich gab und sich anschließend fallen ließ, um sofort wieder weiterzuschlafen. Die Augen unter den geschlossenen Lidern zuckten heftig hin und her. Marion wusste, dass ihr Mann in dieser, nach den schnellen Augenbewegungen benannten REM-Phase, intensiv träumte. Ihre Miene verdüsterte sich für einen Moment, als sie den verzerrten Ausdruck auf seinem Gesicht sah.

»Selbst schuld«, murmelte sie vor sich hin, »jetzt, wo ich dich dringend brauche, musst du dich auf die Karriereleiter schwingen.«

Am Abend hatte es eine ziemlich heftige Auseinandersetzung gegeben, und das über ein Thema, das eigentlich keines mehr sein sollte. Wolf war zu spät von der Arbeit gekommen. Gut, das konnte bei seinem Job durchaus vorkommen. Aber er hätte sie wenigstens anrufen und ihr Bescheid geben können. Doch statt sich zu entschuldigen, hatte Wolf nur mit den Schultern gezuckt und war schweigend an ihr vorbeigegangen. Schweigend hatte er auch das Essen in sich hineingestopft, das sie ihm warmgemacht hatte. Und in seinen Augen war ein Ausdruck gewesen, der ihr richtig unheimlich war. Er hatte nur Kälte und Abneigung ausgestrahlt, schien sie noch nicht einmal wahrzunehmen. Dann hatte er doch noch mit ihr gesprochen, aber mehr so, wie man mit einer Bediensteten redet, der man Weisungen erteilt. Er sei in eine Sonderkommission einberufen worden. Es ginge dabei um die beiden grausamen Morde, die zur Zeit nicht nur die lokalen Medien beschäftigten. Auch diejenige Tageszeitung, die mit dicken, roten Buchstaben und eher bescheidenem Vokabular lärmte, hatte einen Bericht darüber gebracht. Marion hatte ein ungutes Gefühl bei dieser Sache. Sie waren nicht aufs Land gezogen, damit Wolf gefährliche Irre jagen konnte. Wolf selbst schien das plötzlich anders zu sehen.

»Wir werden alles dran setzen, diesen Wahnsinnigen zu schnappen. Ich werde in nächster Zeit alle Hände voll zu tun haben«, hatte er festgestellt. Das sollte wohl wichtig klingen. Wenn er vorgehabt hatte, Marion mit solchen Fernsehkrimi-Sprüchen zu beeindrucken, hatte er sich gründlich verrechnet. Statt ihrem Gatten ein devotes »Ja, mein Held« hinzuhauchen, war ihr die Hutschnur geplatzt.

»Wenn du meinst, dass du hier nicht gebraucht wirst, kannst du gerne ausziehen«, hatte sie ihm zugezischt. Wolf hatte sie nur mit offenem Mund angeschaut und ein überraschtes »Aber ...« herausbringen können.

»Du glaubst doch nicht im Ernst, dass ich diese Tour mitmache!«, hatte Marion nachgesetzt und gleichzeitig versucht, sich zu beruhigen. Es war ihr selbst ein bisschen zu heftig, was sie da von sich gegeben hatte. Und doch, sie hatte Recht! Die Polizei, dein Freund und Helfer, war ein sehr einnehmender Arbeitgeber. Aber es war auch immer die Frage, ob man sich einnehmen ließ. Bislang hatte ihr Mann klar seine Grenzen gesetzt und war auch immer gut damit gefahren. Allerdings nicht zuletzt dank Marions Einsatz, die Wolf jedes Mal den Kopf gewaschen hatte, wenn er dabei war, den Held der Arbeit zu spielen. Wolf hatte ihr dann immer wieder mehr oder weniger zerknirscht zugestimmt, seine Arbeitshaltung neu ausgerichtet und war trotzdem mit den ihm gestellten Aufgaben fertig geworden. Soweit so gut, aber Marion war im Moment einfach nicht in der Lage, die erforderliche Geduld für ihren Mann aufzubringen. Sie war es einfach satt! In ihrem Zustand war es anstrengend genug, mit sich und ihrem Alltag fertig zu werden. Jetzt auch noch für Wolf mitdenken zu müssen, war einfach zu viel. Marion hatte schließlich geseufzt und in ruhigerem Ton weitergeredet. Es war diesmal besonders schwer, aber irgendwann verschwand die Ablehnung aus Wolfs Augen und er begann wieder in vernünftigen Größenordnungen zu denken. Letzten Endes war ein fruchtbares und für beide Seiten zufriedenstellendes Gespräch daraus entstanden und Marion in ihrer Methode bestätigt worden, das, was sie ärgerte, immer sofort zur Sprache zu bringen.

Warum bin ich dann immer noch so sauer?, fragte sich Marion, während sie das Gesicht ihres Mannes beobachtete. Wolf konnte jetzt schlecht einen Rückzieher machen und seine Arbeit in der Sonderkommission aufgeben, das wollte sie ja auch gar nicht. Marion kam es vor allem darauf an, dass er seine Familie und deren Bedürfnisse nicht aus den Augen verlor.

Bei dem Wort »Augen« blitzte es grell in ihrem Kopf auf. Erstaunt und entsetzt wurde ihr schlagartig klar, dass es Wolfs Blick gewesen war, der sie immer noch aufbrachte. Irgendwie waren das nicht seine Augen gewesen. So kalt und fremd hatte er sie noch nie angesehen. Zwischenzeitlich hatte sie das Gefühl, einem Alien in Menschenverkleidung gegenüberzusitzen.

Wolf hat einiges mit ansehen müssen, kein Wunder, wenn da was hängen bleibt, beruhigte sie sich schließlich. Als bestünde eine Verbindung zwischen ihren Gedanken und Wolfs Träumen, zuckte ihr Mann plötzlich zusammen.

Selbst schuld, schalt sich Marion, sie hatte ja unbedingt einen Polizisten heiraten müssen. Nein, diese Sache gefiel ihr ganz und gar nicht. Wolf würde sich nicht so leicht wie sonst immer davon lösen können, auch nicht nach dem letzten Gespräch, da machte sich Marion keine Illusionen. Wenn sie heil aus der Sache herauskommen wollten, musste sie ihn unterstützen. Aber auf ihre Art. Nicht devot und nett, als Weibchen im Hintergrund, sondern mit ihren Stärken, den Stärken einer Frau. Das hatte schon einmal geklappt, vor einigen Jahren, als Wolfs Kollege im Suff einen Obdachlosen überfahren hatte. Sowohl er als auch Wolf hatten sich damals erschreckend dumm angestellt, aber mit ihrer Hilfe war es dann doch noch gut ausgegangen.

Marion spürte, wie ihr neue Energien zuflossen. Oh nein! So leicht war sie nicht zu schlagen. Egal wer oder was dahinter steckte. Dieser Irre sollte sich nur warm anziehen! Sie kannte ihren Mann ganz genau, und wusste, was zu tun war, um seine grauen Zellen auf Hochtouren zu bringen. Je früher Wolf den Mörder zu packen bekäme, desto eher hätte sie ihren Mann wieder zurück.

Beruhigt legte sie sich wieder hin und schlief bald darauf ein. Noch wusste sie nicht, dass es ein Kampf an zwei Fronten werden würde. Und erst recht nicht, wie nahe der gefährliche Irre war.

Das Bild

Wolf starrte schon seit zehn Minuten auf die leere Leinwand. Seine Augen verloren sich im Nichts, während die Gedanken in seinem Kopf langsam entschwanden. Es war schon verdammt lange her, seit er sich das letzte Mal mit Tuben, Pinsel und Spatel auf eine Reise in die Welt der Farben und Formen gemacht hatte. Von sich aus wäre er sicherlich nicht auf die Idee gekommen, sich in sein Arbeitszimmer, das auch als Atelier diente, zurückzuziehen, um ein Bild zu malen. Besonders jetzt nicht, da Marion hochschwanger war und im Haushalt Hilfe brauchte. Gerade zu diesem Thema hatte es gestern einen ziemlich heftigen Streit zwischen ihnen gegeben. Aber es war ausgerechnet Marion, die ihm vorgeschlagen hatte, sich Zeit zu nehmen, um sich seinem Hobby zu widmen.

»Schließ dich einfach einmal für zwei Stunden ein, male ein bisschen und sieh zu, dass du das Chaos in deinem Kopf bereinigt kriegst. Du wirst sehen, hinterher geht es dir viel besser«, hatte sie ihm gesagt und dabei merkwürdig gelächelt.

Da sollte einer die Frauen verstehen! Jetzt, vor dem milchigen Weiß der Leinwand, stellte Wolf wieder einmal fest, dass er nicht nur eine hübsche, sondern auch eine überaus kluge Frau geheiratet hatte. Das Dröhnen in seinem Kopf, das sich in letzter Zeit als ständige Begleiterscheinung festgesetzt hatte, war einer wohltuenden Leere gewichen. Wie von selbst fingen seine Hände an, Farben zu mischen, Pinsel auszusuchen und die ersten Linien aus dem Nichts herauszuarbeiten. Ab und zu trug er die Ölfarben dick mit einem Spatel auf und vermischte sie direkt auf der Leinwand miteinander. Währenddessen gingen seine Gedanken auf die Reise.

Der letzte Mord steckte Wolf noch tief in den Knochen. Er hatte sogar in Erwägung gezogen, einen Psychologen zu Rate zu ziehen. Es gab eigens geschulte Leute, die sich um Feuerwehr, Rettungsdienste und Polizisten kümmerten, die bei ihren Einsätzen mehr zu Gesicht bekommen hatten, als ihre Psyche vertrug. Wolf hatte sich, was das anbelangte, bislang für äußerst widerstandsfähig gehalten, aber die Bestie, die zur Zeit ihr Unwesen trieb, führte ihn hart an den Rand seiner Belastungsfähigkeit. Trotzdem hatte er diese Hilfe nicht in Anspruch genommen. Er wollte sich keine Blöße geben. Ganz egal, wie vertraulich die Sache behandelt wurde, irgendwann kam so etwas immer raus. Wolf wusste selbst, dass das eigentlich ein dummes Argument war. Es war aber auch nicht der einzige Grund. Allein der Gedanke, einen Fremden in sein Innerstes schauen zu lassen, bereitete ihm fast körperliches Unbehagen. Nein! Es würde schon so gehen müssen. Er war bisher auch immer alleine zurecht gekommen. Also: Augen zu und durch.

Aus seinen Gedanken auftauchend, bemerkte Wolf, dass sein Pinsel gerade dabei war, einen blitzenden Dolch zu malen. Erst jetzt fiel es ihm wieder ein: Den Dolch hatte er in der Zwischenzeit aus der Schublade seines Büros herausgenommen und nach gründlicher Reinigung an die Asservatenkammer weitergeleitet. Irgendwie war es ihm auch gelungen, Kaiser, den »Herrn der Beweisstücke«, davon zu überzeugen, dass er das gute Stück bei der Registrierung wohl übersehen haben musste. Der Dolch war schließlich anhand der Fotos eindeutig zu identifizieren. Und da war er auch so sauber, wie Wolf ihn abgeliefert hatte.

Also alles in bester Ordnung. Wenn da nur nicht die Frage im Raum stünde, warum er das verdammte Ding in seine Schublade getan hatte, statt es ordnungsgemäß abzuliefern.

Rätsel Nummer eins!

Beunruhigend genug. Aber es folgte noch ein weiteres. Woher stammte das viele Blut, das die Schneide komplett bedeckt hatte? Es war echtes Blut, davon hatte sich Wolf sehr schnell überzeugen können. Mit Schaudern dachte er daran, dass es womöglich menschliches Blut gewesen sein könnte. Aber diesen entsetzlichen Gedanken verwarf Wolf sofort wieder.

Er musste herauskriegen, was hier los war. Hatte einer seiner Kollegen seinen Fehler bemerkt und die Situation ausgenützt, um ihm einen üblen Streich zu spielen? Aber wer würde so etwas tun? Maximilian?

Der hatte auf jeden Fall die Möglichkeit, jederzeit an seinen Schreibtisch zu gelangen. Und was seine Umgangsformen anbelangte, konnte er mitunter ganz schön rabiat werden. Einmal hatte Maximilian sogar kurz vor einem Disziplinarverfahren gestanden, weil er einen Dealer krankenhausreif geschlagen hatte. Aber welchen Grund sollte Maximilian haben, so etwas zu tun?

Wolf schüttelte unwillkürlich den Kopf. Er hatte das Gefühl sich zu verrennen.

Währenddessen zeichnete der Pinsel scheinbar zufällig verstreute Tupfen auf die weiße Fläche. Wolf registrierte es, bemühte sich jedoch, den fast selbstständigen Vorgang nicht zu unterbrechen. Es war eine besondere Technik, mit der er den tieferen Schichten seines Gehirns Gelegenheit gab, ihre Botschaften zu äußern.

Seine Gedanken wanderten zur Mordkommission. In der Zeit, als er noch der Polizeidienststelle in Köln angehört hatte, konnte er einmal bei einem solchen Team mitarbeiten. Hektik und Stress waren da an der Tagesordnung gewesen. Man war furchtbar wichtig gewesen und jeder peinlichst darauf bedacht, genügend zur Geltung zu kommen. Wenigstens hatte es am Anfang so ausgesehen, als die Kommission ihre Arbeit aufnahm und die ersten Pressekonferenzen abgehalten wurden. Damals ging es um einen Serienkiller, der sich an kleinen Mädchen vergriff. Irgendwann war jedoch jegliches Konkurrenzdenken und Platzgerangel bedeutungslos geworden. Alle hatten nur noch das eine gewollt: Diese schrecklichen Morde zu beenden, so schnell wie möglich.

Wolf erinnerte sich noch sehr genau an dieses Gefühl, einer festen Einheit anzugehören, mit dem Team quasi zu einem Organismus zu verschmelzen, in dem jeder seinen festen Platz hatte, in dem jeder alles gab.

Das Team, dem er heute angehörte, war noch in der Profilier- und Ellenbogenphase. Die Pressekonferenz gestern Nachmittag war geradezu grotesk. Dass sich erwachsene Menschen derart bescheuert, ja kindisch benehmen, nur um ihr dümmliches Gesicht ins Fernsehen zu bekommen, hätte er sich nicht vorstellen mögen. Albert Drollbusch, der Chef des Ermittlungsdienstes, war natürlich ganz vorne dabei. Rein menschlich gesehen, war der Mann schon eine Katastrophe, aber in fachlicher Hinsicht war er in der Lage, dieses Defizit noch zu übertreffen. Ganz klar: Drollbusch würde irgendwann einmal in der Politik Karriere machen. Solche Deppen wurden dringend gebraucht in Deutschlands Ministerien. Daher warteten Wolf und seine Kollegen sehnsüchtig auf den Tag, an dem man ihren obersten Chef endlich zu Höherem abberufen würde. Wenn sie Glück hätten, würde man seinen Vertreter, Jens Meier, auf seinen Posten setzen. Also: Drollbusch hielt seine dämliche Fresse in die Kamera, und Meier erledigte die nötige Arbeit.

Natürlich lief hier alles in einem viel kleineren Rahmen ab, als seinerzeit in Köln.

Werner Flöhring und Lothar Reimers, zwei erfahrene Kollegen der Kriminalhauptstelle Bonn, Gerald Wild, ein Spezialist für Spurensicherung vom Landeskriminalamt Düsseldorf und – last but not least – seine Wenigkeit sollten dazugehören. Und natürlich auch noch Rudloff. Der BKA-Mann selbst verhielt sich erstaunlich zurückhaltend. Er hatte sich nicht dazu geäußert, welches Interesse das BKA an diesem Fall hatte. Gewöhnlich entsandte es seine Mitarbeiter, wenn länderübergreifende Dinge zu regeln waren.

Wolf hatte den Verdacht, dass Rudloff doch ziemlich eigenmächtig handelte bei der Entscheidung, ob ein Fall in seinen Verantwortungsbereich fiel oder nicht. Scheinbar konnte er tun und lassen, was er wollte. Sehr kommunikativ war er auch nicht. Wenn er irgendwelche Vermutungen oder Verdachtsmomente hatte, wusste er diese geschickt zu verbergen.

Aus einer nahe gelegenen Praxis für Forensische Psychologie war ein Gutachter verpflichtet worden, der sich mit der Psyche des Mörders befassen sollte. Drollbusch hatte bei der Presse großspurig von einem Team besonders ausgewählter Spezialisten getönt, die einige heiße Spuren verfolgten, man könne aber im Moment nichts Genaueres bekannt geben, um die laufenden Ermittlungen nicht zu stören. Reine Medienkacke für die Fritzen von der Presse.

Tatsächlich hatten sie, trotz zahlreicher Spuren, nicht den geringsten wirklich konkreten Anhaltspunkt, wo der Täter zu suchen sei.

Das, was der Psychologe zu sagen hatte, war auch nicht gerade ermutigend. Der oder die Mörder/in, wie er sich ausdrückte, war mit Sicherheit hochintelligent und absolut abgebrüht. Gut, darauf wäre er auch von selbst gekommen. Dann hatte er einiges über den Selbstdarstellungsdrang erzählt, der hinter der Anordnung der Leichen stand. Das war schon interessanter. Aber letztlich hatte er sich meist nur allgemein zu solchen Fällen äußern, und das ein oder andere aus dem Nähkästchen plaudern können. Rudloff hatte bei dem Vortrag des Psychologen den Eindruck erweckt, als ginge ihn das alles gar nichts an, aber Wolf war sich sicher, dass er jedes Wort mitbekam.

Mittlerweile hatte man anhand von Zahnabdrücken die Identität des Opfers feststellen können. Es handelte sich um einen stadtbekannten Obdachlosen, der den meisten nur unter seinem Spitznamen »Stubbi Hein« bekannt war. Ein kleiner, hutzeliger Mann, mit roten Wangen und Knollennase, dem an jeder Hand zwei Finger fehlten. Der frühere Schreiner lebte in einem Bretterverschlag am Rande der Stadt, unmittelbar hinter den Schrebergärten, die die Bahnlinie in Richtung Trier säumten. Bekannt war er für seine Kinderschaukeln und Baumhäuser, die er gegen eine geringe Bezahlung aus rohen Rundhölzern zimmerte. Wenn er nicht gerade mit seinem Uralt-Traktor unterwegs war, sah man ihn stets mit einer Flasche »Stubbi« in der Hand, was Heinrich Zimmermann, so sein bürgerlicher Name, seinen Spitznamen eingebracht hatte.

Gerald Wilden, der Kollege von der Spurensicherung, hatte schließlich die Fotos ausgepackt, die Wolf von der Leiter aus gemacht hatte. Zum ersten Mal war es mucksmäuschenstill im Raum geworden. Wolf hatte die Luft angehalten und insgeheim erwartet, dass sich die »Sachen« auf dem Bild wieder bewegen würden. Zum Glück war jedoch alles an seinem Platz geblieben.

Auf einem Foto hatte man einen der Strahler sehen können, die die Szene beleuchteten. Wolf hatte ihn nur nebenbei registriert.

Jetzt, in der Erinnerung, zuckte er plötzlich heftig zusammen. Das Ding hatte genauso ausgesehen, wie einer seiner eigenen Halogenstrahler, die er sich vor Jahren für den Hausbau angeschafft hatte. Unvermittelt fiel ihm der Dolch ein.

»Quatsch!«, sagte er laut. »Das würde noch fehlen.«

Wolf wunderte sich über den unsinnigen Verdacht, der sich in seinem Kopf bildete, dies könnten seine eigenen Baustrahler sein. Aber irgendetwas in ihm trieb ihn in den Keller, um nachsehen, ob seine Strahler noch an ihrem alten Platz standen.

Eine warme Welle der Erleichterung breitete sich in seinem Innern aus, als er die Leuchter in seinem Geräteschrank entdeckte. Genauso fleckig und voller Farbspritzer, wie er sie im letzten Jahr hier abgestellt hatte. Wolf wollte gerade die Schranktüre schließen, als ihm ein roter Fleck am Griff einer der beiden Strahler auffiel.

Soweit er sich erinnern konnte, hatte er im Haus noch nie mit roter Farbe gestrichen! Seine Hände zitterten, als er den Strahler packte, um sich den Fleck genauer anzusehen. Ihm war klar geworden, dass es keine Farbe war, die ihn da rostrot anzugrinsen schien. Wie durch einen Zufall, hatte sie die Form einer Hunde- oder Wolfspfote und bestand ganz eindeutig aus geronnenem Blut.

Eine ganze Weile später stand Wolf wieder oben im Arbeitszimmer vor seiner Staffelei und versuchte, sich zu beruhigen. Er hätte nicht einmal sagen können, wie er hierher zurückgefunden hatte. Sein Puls schlug bis zum Hals und durch seine Gedanken rasten wild hin und her.

»Mensch, reiß dich zusammen!«, sprach er sich Mut zu. »Das kann genauso gut ein Zufall sein. Wahrscheinlich habe ich mich bei der Arbeit verletzt und dabei ist was auf den Strahler gekommen.«

Es wirkte. Langsam senkte sich sein Pulsschlag und die Gedanken suchten wieder geordnetere Bahnen. Doch dann fiel ihm mit einem Mal auf, was er da die ganze Zeit wie von selbst auf die Leinwand gemalt hatte.

In grell-roten Farben leuchtete ihm der riesige Tatzenabdruck eines Wolfs entgegen. Das war das Bild, das der Mörder mit den »Teilen« seines Opfers gemalt hatte. Das war aber auch die Form, die der rote Fleck auf dem Griff seines Strahlers da unten im Keller angenommen hatte.

Und da war noch mehr. Wolfs Bild zeigte ziemlich detailliert die Umrisse innerhalb dieser äußeren Form. Und jetzt, losgelöst von dem Abscheu, den die menschlichen Teile beim Betrachter verursachten, sah das Ganze fast so aus, wie das grob gerasterte Bild einer technischen Bauzeichnung.

Wolf ließ es noch ein paar Sekunden auf sich wirken, bevor er sich auf den Weg machte. Er musste unbedingt herausfinden, ob sich die Strahler vom Tatort noch in sicherem Gewahrsam in der Asservatenkammer des Polizeigebäudes befanden.

Etwa zwei Stunden später war er wieder zurück. Unendlich erleichtert. Die Strahler waren noch da. Gott sei Dank! Und sie sahen auch überhaupt nicht so aus wie seine eigenen. Wolf hatte keine Ahnung, welcher Teufel ihn da geritten hatte. Nachdem er sich im Lager davon überzeugt hatte, war er noch einmal kurz in sein Büro gegangen und hatte sich die Fotos vom Tatort eingesteckt. Er wollte die Aufnahmen mit dem Bild vergleichen, das er gemalt hatte. Wenn sein Eindruck stimmte, dass der Täter mit den Leichenteilen quasi einen technischen Bauplan nachgezeichnet hatte, ergab sich hier womöglich ein wertvoller Hinweis. Schon auf den ersten Blick wurde Wolfs Vermutung zumindest erhärtet. Er hatte die Anordnung der Leichenteile auf dem Fundort erstaunlich originalgetreu nachgemalt.

Dann hielt er das Foto in der Hand, auf dem einer der Strahler zu sehen war. Plötzlich begann er, am ganzen Leib fürchterlich zu zittern. Dicke Schweißperlen standen auf seiner Stirn, als ihm klar wurde, dass das keiner der beiden Strahler war, die in Euskirchen als Beweisstück unter Verschluss gehalten wurden. Man konnte sogar den roten Blutfleck auf dem Griff erkennen, der aussah wie der Pfotenabdruck eines Wolfs.

Rot

Ungläubig und entsetzt starrte er auf das Bündel Wäsche in seiner Hand. Blut! So viel Blut, dass kein Zweifel daran bestehen konnte, dass etwas Furchtbares, etwas Entsetzliches geschehen sein musste.

Benommen fuhr er sich mit der anderen Hand über die Stirn, verrieb den Schweiß, der sich darauf gebildet hatte, mit der roten Flüssigkeit, die seine Hände beschmutzte. Er saß aufrecht auf dem Bettrand. Zum Glück, denn bei dem, was sich gleichzeitig in seinem Kopf und seinen Eingeweiden abspielte, hätten seine Beine ihn kaum tragen können.

Eben war seine Welt noch vollkommen in Ordnung gewesen, wenn man einmal von seinen grässlichen Kopfschmerzen absah. Er war aufgewacht, hatte sich an die Bettkante gesetzt und nach seinen Kleidern gefischt, die er gestern vor dem Einschlafen unter das Bett geschoben haben musste. Schon als er den Bund seiner Hose zu fassen bekam, merkte er, dass etwas nicht stimmte. Sie fühlte sich feucht und klebrig an. Dann fuhr ihm der eigenartige Geruch in die Nase. Ein Geruch, der sofort schrille Alarmglocken in seinem Kopf aufheulen ließ und die Kopfschmerzen, mit denen er aufgewacht war, noch verstärkte. Voller Abscheu hatte er seine Hand zurückgezogen, aber da war es schon zu spät. Etwas dunkelrot Glänzendes hing an der Innenfläche der Hand. Er sah sofort, dass es keine rote Farbe sein konnte. Das hier war Blut, echtes Blut. Minutenlang saß er da und starrte auf seine Finger. Endlich löste er sich aus seiner Starre, kniete sich auf den Boden und schaute unter dem Bett nach. Hemd und Hose waren das Einzige, was sich darunter befand. Gott sei

Dank! Es befand sich keine zerstückelte Leiche unter dem Bett.

Mit spitzen Fingern packte er die Sachen und zog sie vorsichtig hervor. Sie waren über und über besudelt. Am schlimmsten sah das Hemd aus, von seiner einstigen weißen Farbe war kaum etwas zu erkennen. Der Anblick ließ seinen letzten Rest an Beherrschung schwinden. Röchelnd schnappte er nach Luft, ihm war, als schnüre ein Band aus Stahl seine Lungen ein.

Jemand muss hier gewesen sein!, schoss es ihm in Panik durch den Kopf. Hier in meinem Zimmer, während ich schlief ...

Sein Verstand weigerte sich zunächst hartnäckig, den morgendlichen Fund in vernünftige Gedankengänge einzupassen. Völlig aufgewühlt holte er seine Pistole aus der Schublade des Nachttischschränkchens, vergewisserte sich, dass sie geladen war, und schaute in sämtlichen Schränken, Ecken und Nischen nach. Erst als er sich davon überzeugt hatte, dass sich garantiert niemand mehr in seiner Wohnung befand, setzte er sich wieder auf sein Bett und versuchte sich unter Kontrolle zu bringen.

Wer war das? Und warum?

Fieberhaft überlegte er, wer einen Grund haben könnte, ihn erschrecken oder bedrohen zu wollen. Hatte er Feinde? Sicher hatte er die, das blieb kaum aus bei seinem Beruf und der Art, wie er ihn ausübte. Das hätte durchaus ein Schachzug der Mafia sein können, aber von der hielt er sich tunlichst fern.

Er musste zweierlei herausfinden. Erstens: Wie waren der oder die Einbrecher in seine Wohnung gekommen, ohne dass er es bemerkt hatte? Und zweitens: Wer wollte ihm auf diese makabere Art eine Warnung zukommen lassen?

Sein anfänglicher Ekel verflog schnell. Es musste sich um Tierblut handeln, relativ einfach in jeder Schlachterei zu besorgen. Entschlossen stand er auf, holte sich neue Klamotten aus dem Schrank und machte erst einmal einen weiteren, systematischeren Rundgang durch die Räume seiner Wohnung. Wo waren die Täter eingestiegen? Hatten sie etwas mitgehen lassen oder zerstört? Gab es Spuren? In seinem Kopf spulte sich eine eingespielte Prozedur ab, die ihn sogar für eine Weile von seinen Kopfschmerzen befreite.

Eine halbe Stunde später war er jedoch ratloser als zuvor.

Nichts!

Er hatte absolut gar nichts gefunden. Keine Spuren, keine Schäden, nichts entwendet. Tür und Fenster waren so sorgfältig verschlossen, wie gestern Abend, als er zu Bett gegangen war. Der Täter musste einen Schlüssel zu seiner Wohnung haben. Verdammt! Das hieße, dass er das Sicherheitsschloss komplett auswechseln lassen musste. Eine ziemlich teure Angelegenheit.

Ein beklemmendes Gefühl machte sich in ihm breit. Da war jemand in seiner Wohnung gewesen, hatte hier sein makaberes Spiel getrieben und war unbemerkt wieder verschwunden. Er fühlte, wie etwas in ihm zerbrach. Ein durchaus bekannter und psychologisch erklärbarer Vorgang.

My home is my castle. Dahinter steckt mehr als das Bedürfnis nach einem warmen und trockenen Zuhause. Menschen, in deren Wohnung eingebrochen wurde, erleben fast immer einen Schock, der über den Verlust der entwendeten oder zerstörten Wertsachen hinausgeht. Ihre letzte Rückzugsebene – ihr Zuhause – bietet plötzlich keine Sicherheit mehr. Sie sind angreifbar geworden, verletzlich, schutzlos ausgeliefert. Jedenfalls fühlen sie sich so. Dabei arbeiten archaische Instinkte in ihnen, denen man mit dem Verstand kaum beikommen kann.

Genauso nackt und hilflos fühlte er sich jetzt auch, da nutze es ihm nicht viel, dass er von den Vorgängen in seinem Gehirn wusste. Er spürte, wie ihm die Angst an die Kehle ging. Aber er wusste, wie damit umzugehen war.

Reglos blieb er stehen und überließ seinen Körper den überwältigenden Gefühlsregungen, ließ sie durch sich hindurchströmen, stellte sich vor, wie sie in seine Arme flossen und ihn durch die Fingerspitzen verließen. Anschließend atmete er tief ein und aus und überlegte, welche Maßnahmen er zusätzlich treffen könne, um seine Wohnung vor einem weiteren Einbruch zu schützen. Es gab eine ganze Reihe von Präventivmaßnahmen, die dem kriminellen Gewerbe das Leben schwer machen konnten.

Erleichtert spürte er, wie sein Kopf wieder frei wurde. So schnell würde er sich nicht ins Bockshorn jagen lassen!

In der Diele fand er seine Schuhe: Ebenso blutbesudelt wie Hemd und Hosen standen sie genau dort, wo er sie immer abstellte. Seine Socken lagen in einer Ecke des Schlafzimmers. Auch sie voller Blut. Da hatte sich jemand wirklich Mühe gemacht, es besonders realistisch aussehen zu lassen. Wenn er es nicht besser wüsste, hätte er meinen können, gestern Nacht an einem Schlachtfest teilgenommen zu haben.

Ein seltsamer Gedanke regte sich in ihm. Was, wenn es kein Einbruch war?

»Blödsinn!«, sagte er laut. Aber es war zu spät. Der Gedanke, einmal gedacht, bohrte weiter. »Was habe ich gestern Abend getan? – Ich bin früh schlafen gegangen, weil ich Kopfschmerzen hatte. – Wirklich? Bist du dir da ganz sicher?«

Da war dieser Nebel in seinem Gehirn, ein Gefühl, als müssten seine Gedanken durch eine milchige Suppe waten.

Er schlurfte zur Küche und machte sich an der Kaffeemaschine zu schaffen, als plötzlich ein grelles Bild, scharf wie die Zacken eines Blitzes, in seinem Bewusstsein auftauchte. Entsetzt schnappte er nach Luft, während sich seine Hände an der Arbeitsplatte festkrallten. Überdeutlich verspürte er den Geschmack von Blut und rohem Fleisch auf seinen Lippen, während schreckensweite, schmerzverzerrte Augen auf ihn starrten.

Dann war es vorbei. Der Spuk konnte nur einen Sekundenbruchteil gedauert haben, aber er hatte das Gefühl, dass dieses Bild sich wie ätzende Säure in seine Gehirnwindungen eingebrannt hatte.

Die Mordkommission

Wolf beobachtete Dirk Strawatzki mit gemischten Gefühlen. Er war der Neue in ihrem Team. Drollbusch hatte ihn vorgestellt. Er war genau wie Flöhring und Reimers Kriminalhauptkommissar bei der Kriminalhauptstelle Bonn und galt als Fachmann für Serientäter. Jedenfalls behauptete er das. Klein und dicklich gebaut, mit einem Doppelkinn und schütterem Haar, sah er älter aus als er war. Dafür machte er den Eindruck, ständig unter Hochspannung zu stehen. Wie ein Rennpferd in den Startboxen. Nur dass ihm die Eleganz dieser Tiere abging. Er hatte mehr etwas von einem Hamster. Einem nervösen Hamster nach einer stolzen Dosis Kokain. Nach kurzer Zeit bildeten sich dunkle Schweißflecken unter den Achseln seines Hemdes.

Wolf schaute wieder zu Drollbusch. Die Mordkommission war in ihrer Funktion aus dem täglichen Geschäft des Ermittlungsdienstes ausgelagert und unterstand der Kriminalhauptstelle Bonn. Sein Chef hatte hier also eigentlich nichts zu suchen. Trotzdem ließ er es sich nicht nehmen, den Beamten aus dem höher gestellten Amt vorzustellen und über den grünen Klee zu loben. Mittlerweile schien es selbst Strawatzki peinlich zu werden, nervös tänzelte er von einem Fuß auf den anderen. Dann meldete er sich zu Wort.

»Entschuldigen Sie, Herr Drollbusch, wenn ich Sie unterbreche, aber ich denke, das gehört nicht hierher. Man hat mich beauftragt, die Leitung dieser Mordkommission zu übernehmen. Aber das heißt natürlich nicht, dass ich hier den Chef herauskehren werde. Ich weiß, Sie sind alle erfahrene Polizisten und ich freue mich, dass ich in Ihrem Team mitarbeiten darf. Ich habe mich auch schon ein wenig vorbereitet und mir erlaubt, ein paar Daten und Informationen zusammenzustellen.«

Hastig griff Strawatzki nach seiner Tasche, einem kunstledernen Koffer, ließ die Verschlüsse laut aufschnappen und entnahm einen Stapel eng beschriebener Blätter. Als er sie an den Nächststehenden weiterreichte, fiel Wolf das Zittern seiner Hände auf.

»Wie Sie sicherlich selbst bemerkt haben, kann man bereits jetzt einige Parallelen zwischen unseren beiden Fällen erkennen«, fuhr Strawatzki fort. »Ich habe von einem befreundeten Spezialisten ein vorläufiges Täterprofil anfertigen lassen. Das Ergebnis können Sie im Anhang auf der Seite sechs nachlesen. Und was den jeweiligen Tatort anbelangt ...«

Wolf konnte nichts dagegen machen. Strawatzki war ihm von Anfang an unsympathisch und je mehr er sich ausbreitete, desto stärker wuchs seine Abneigung gegen ihn. Da war ihm selbst der unheimliche Rudloff lieber. Der hielt sich wenigstens zurück. Verstohlen beobachtete er seine Kollegen. Ob sie das Gleiche dachten wie er? Uwe Wolter, der Psychologe, der ja eigentlich für das Täterprofil zuständig war, hatte sich ganz gut im Griff. Aber Wolf entgingen die kleinen Anzeichen nicht, die verrieten, dass er sich übergangen fühlte. Der Spezialist für die Spurensicherung, Gerald Wilden, zuckte jedes Mal zusammen, wenn Strawatzki Theorien über gefundene Beweismittel aufstellte.

Die beiden Kollegen von der Kriminalhauptstelle in Bonn reagierten unterschiedlich. Während Werner Flöhring mit unbeweglichem Gesichtsausdruck nach vorne schaute, rutschte Lothar Reims unruhig auf seinem Sitz hin und her und verdrehte hin und wieder die Augen. Eigentlich sollte er die Mordkommission leiten. Dass die Dienststelle die

Leitung einer Mordkommission änderte, war unüblich und aus seiner Sicht sicherlich äußerst ärgerlich.

Und Rudloff? Still und konzentriert saß er da und fixierte Strawatzki mit blitzenden Augen. Wolf fiel auf, dass der Neue Rudloffs Blick mied.

»Wir haben sicherlich noch ein ganzes Stück Arbeit vor uns«, schloss Strawatzki seinen Vortrag. »Aber ich bin zuversichtlich, dass wir den Kerl bei der Fülle des Beweismaterials bald zu fassen kriegen.«

Dann – endlich – kehrte so etwas wie Ruhe ein. Aber es war keine entspannte Ruhe in dem kleinen Konferenzsaal, der eigens für ihr Team, ihre »Mordkommission«, bereitgestellt worden war.

Wolf nutzte die Gelegenheit, seinen Gedanken freien Lauf zu lassen. Er war zwar offiziell Mitglied dieses Teams, aber tatsächlich hatte er kaum Zeit, sich wirklich intensiv um die Ermittlungen zu kümmern. Nicht, wenn er nicht endlos Überstunden schieben wollte. Der gute Drollbusch, der vor der Presse so getönt hatte, befand es noch nicht einmal für nötig, ihn von seinen restlichen Pflichten zu entbinden. »Ein fähiger Mann wie Sie schafft das doch nebenbei«, hatte er ihm jovial erklärt.

Wolf hatte so nicht die Spur einer Chance, tiefer in den Fall einzusteigen, mal abgesehen von seinen kleinen gedanklichen Exkursen zu Hause vor der Staffelei. Sobald er in seinem Büro saß, nahmen ihn die täglichen Geschäfte derart in Anspruch, dass ihm erst auf dem Weg nach Hause einfiel, dass da noch etwas »nebenher« zu erledigen war. Die Polizei, dein Freund und Helfer, musste schließlich wirtschaftlich und Kosten sparend arbeiten.

Leider mussten dadurch auch seine »inoffiziellen« Ermittlungen ganz hinten anstehen, obwohl gerade sie ihm besonders wichtig waren.

Eine ganze Reihe geplatzter Razzien und versandeter Untersuchungen hatten in ihm den Verdacht aufkommen lassen, dass das Milieu über einen Informanten verfügen musste, möglicherweise sogar einen Polizeibeamten, der sich auf diese Weise sein Gehalt aufbessern ließ.

Dieser war offensichtlich in der Lage, ziemlich detaillierte Informationen über Ort und Zeitpunkt geplanter Untersuchungen weiterzugeben. Obwohl der Kreis der in Frage kommenden Personen eigentlich nicht allzu groß sein konnte, erwies es sich als äußerst schwierig, die undichte Stelle zu finden. Wolf musste seine Ermittlungen verheimlichen, nicht einmal Maximilian wusste davon. Schließlich konnte jeder seiner Kollegen der gesuchte Maulwurf sein. Eigentlich war das eine Sache für die oberste Polizeibehörde, aber da schien man keinen Verdacht geschöpft zu haben, und ohne ausreichende Beweise wollte Wolf keine Pferde scheu machen. Kollegen zu verdächtigen war nun mal keine Kleinigkeit.

Zu allem Überfluss fiel Maximilian ständig aus und Wolf musste dessen Arbeit noch mit erledigen, wenigstens die dringenden Terminsachen. Sein Kollege plagte sich seit Tagen mit einer schweren Migräne herum. Diesmal war es wohl keine seiner üblichen Ausreden, mit denen er sich schon mal gerne für ein paar Tage frei nahm, um von der Bildfläche zu verschwinden. Wenn er dann doch zur Arbeit kam, stöhnte er ständig herum und war kaum zu gebrauchen.

Aber eigentlich war Wolf dennoch froh über die Fülle der Arbeit. Sie lenkte ihn wohltuend von einigen beängstigenden Vorfällen ab, die er sich immer noch nicht erklären konnte. Dolche, die auftauchten und verschwanden, Baustrahler, die sich scheinbar von selbst aus seinem Keller begaben, um Leichenteile zu beleuchten. Wer wusste, was als Nächstes kam?

Energisch schob Wolf den Gedanken beiseite. Wenigstens hatte Drollbusch ihn vom Bereitschaftsdienst befreit.

Trotzdem war es für ihn unbefriedigend. Die Kollegen aus Bonn konnten sich voll auf ihre Arbeit in der Mordkommission konzentrieren und er durfte froh sein, wenn sie ihn über den Stand ihrer Ermittlungen in Kenntnis setzten.

Das kannte er aus seinen Erfahrungen mit der Mordkommission in Köln anders, da wurde jedes Mitglied automatisch von allen anderen Aufgaben entbunden.

Und dann kam so ein Neunmalkluger, natürlich auch freigestellt für diese Sache, und markierte hier den Superpolizisten!

Endlich räusperte sich Strawatzki. »Ach ja, Herr Drollbusch bat unsere Dienststelle, seinen Mitarbeiter, Herrn Wolf, von seinen Pflichten in der Mordkommission zu befreien. Sie wissen ja selbst, wie dünn die Personaldecke in unseren Außenstellen ist. Nun, ich denke, dass wir auch ohne ihn zurechtkommen werden. Falls doch noch Fragen kommen, ist Herr Wolf sicherlich gerne bereit, uns hin und wieder unter die Arme zu greifen.«

Strawatzki lächelte und Drollbusch grinste dumm-verlegen. Was dies zu bedeuten hatte, war Wolf natürlich klar: Er war raus aus der Sache!

Wolf spürte die Blicke der Kollegen auf sich ruhen und überlegte krampfhaft, was er jetzt sagen könne. Es war wie verhext! Hinterher würden ihm sicher tausend kluge Sprüche einfallen. Das war sein Fall! Den durften sie ihm einfach nicht wegnehmen. Aber sein Kopf war leer wie ein ausgetrocknetes Wasserloch in der Wüste.

Da meldete sich Rudloff. »Damit bin ich ganz und gar nicht einverstanden.«

Strawatzki zuckte nur mit den Schultern. »Das steht Ihnen frei, Herr Kollege, aber Herr Drollbusch und ich sind übereingekommen, dass es so das Beste ist.«

Rudloff antwortete ihm erst gar nicht. Geschmeidig wie ein Katze sprang er auf und eilte nach draußen. »Ich bin gleich wieder zurück«, hörten sie ihn noch rufen.

Es mochte vielleicht fünf Minuten gedauert haben, bis Rudloff zurückkam.

Er betrat den Raum so energisch wie er ihn verlassen hatte. In der Hand hielt er sein Handy, das er wie einen Fehdehandschuh an Strawatzki weiterreichte.

»Ja. Hallo!«, stammelte dieser nur verdattert in das Gerät.

Man konnte natürlich nicht verstehen, was am anderen Ende gesagt wurde, aber das Wechselspiel zwischen Purpurrot und Leichenblass in Strawatzkis Gesicht und die erfolglosen Versuche, zu Wort zu kommen, ließen auf einen für ihn unangenehmen Verlauf schließen.

»Ja, aber ... Nein ... Ich meine ... Natürlich werde ich das ...«

Es war die reinste Wonne, jedenfalls für Wolf. Und scheinbar auch für Wolter, den Psychologen, der sich ein feines, schadenfrohes Lächeln nicht verkneifen konnte.

Dann war Drollbusch an der Reihe. Er bekam das Handy von Strawatzki gereicht, meldet sich kurz und wechselte ebenfalls mehrmals die Farbe, als er den Ausführungen am anderen Ende der Leitung folgte. Schließlich reichte er wortlos das Handy an Rudloff weiter.

Nach einigen weiteren Momenten, in denen niemand im Raum etwas äußerte, sagte Rudloff ruhig und gelassen: »Ich denke, wir machen es genau so, wie es der Herr vom Innenministerium vorgeschlagen hat. Herr Wolf bleibt bei unserem Team, außerdem wird er von sämtlichen anderen Aufgaben entbunden.«

Dirk Strawatzki zuckte merklich zusammen, sagte jedoch kein Wort, sondern nickte nur. In seinen Augen brannte eine Mischung aus Wut und Beschämung.

Keine gute Mischung, dachte Wolf, Rudloff muss darauf achten, dass er den Bogen nicht überspannt.

»Ich werde weiterhin beratend tätig sein«, stellte Rudloff fest. »Und Sie, Herr Drollbusch, täten uns einen großen Gefallen, wenn Sie sich in Zukunft aus dieser Sache heraushalten würden. Auch und ganz besonders, was den Umgang mit der Presse anbelangt.«

Wolf hielt unwillkürlich den Atem an. War Rudloff jetzt zu weit gegangen? So war Drollbusch noch nie vor versammelter Mannschaft entblößt worden. In Erwartung eines Donnerwetters rutschte Wolf instinktiv tiefer in seinen Stuhl. Aber das Unwetter blieb aus. Drollbusch nickte nur matt. Seine Augen hatten jeden Glanz verloren.

Wolf schüttelte leicht den Kopf. Wie hatte Rudloff das angestellt? Fachlich war Drollbusch ein Versager. Aber was das Gerangel um Macht und Ansehen anbelangte, konnte ihm so leicht keiner was vormachen. Bis zum heutigen Tag.

Plötzlich wandte Drollbusch den Kopf und sah Wolf an. Da war ihm klar, dass er zwar klein beigegeben hatte, aber keineswegs gebrochen war.

»Warte, bis das hier vorbei ist!«, funkelten ihn seine kalten, hasserfüllten Augen an.

Wolfs gute Laune war mit einem Schlag verflogen.

Das Tatoo

Sichtlich nervös trommelte Wolf mit den Fingern auf seine Schreibtischkante. Sein Kollege und »Büromitbewohner« Maximilian war gerade unterwegs. Ein Suizidfall bei der Bahn, kein schöner Anblick, aber im Allgemeinen recht einfach abzuwickeln. Hastig verdrängte Wolf eine unangenehme Erinnerung, die sich bei den Gedanken an eine ganz bestimmte Leiche einstellte, die zweimal überrollt worden war. – Diese Sache war schon lange erledigt und vergessen.

Bis Maximilian wieder zurückkam, hatte Wolf eine knappe Stunde Zeit, sich um ein paar Dinge zu kümmern, die in den letzten Tagen zu kurz gekommen waren. Die Ermittlungen in den beiden Mordfällen, die seine Sonderkommission zu betreuen hatte, waren ins Stocken geraten. Es gab jede Menge Spuren, aber keine wirklich brauchbaren Hinweise. Jedenfalls bis jetzt noch nicht. Da war dieser Dolch, dessen Herkunft unbekannt war. Werner und Lothar kümmerten sich gerade darum. Außerdem eine Aluleiter und zwei Baustrahler, etliche Meter Stromkabel und ein paar Anschlussklemmen. Die Leiter vom Tatort in der alten Fabrik und die Kabel waren Normprodukte, die man in jedem beliebigen Baumarkt erwerben konnte. Das Gleiche traf auch für die Baustrahler zu, aber diese waren – was jedoch nur Wolf wusste – sowieso nicht die richtigen.

Natürlich hatten sie sich in allen dafür in Frage kommenden Geschäften erkundigt. In den Baumärkten konnte man sogar anhand der Scannereinlesungen feststellen, zu welchem Zeitpunkt jeweils einer dieser Artikel verkauft worden war. Hatte der Käufer dann mit seiner EC-Karte bezahlt, war es ein Kinderspiel, Namen und Adresse herauszufinden.

Wolf war die Liste, die Gerald, ihr Spurenspezialist, daraufhin zusammengestellt hatte, mit gemischten Gefühlen durchgegangen und hatte mit Erleichterung festgestellt, dass sein Name nicht draufstand. Die Überprüfungen dauerten noch an, aber Wolf glaubte nicht, dass dabei etwas Konkretes herauskommen würde. Wer auch immer die Morde verübt hatte, war nicht nur überaus intelligent, er musste auch detaillierte Kenntnisse über die Arbeit der Polizei zur Spurensicherung haben. Nicht genug, dass sie an den beiden Tatorten keinen einzigen verwertbaren Fingerabdruck gefunden hatten, selbst die Suche nach Gewebe- oder Haarresten war völlig ergebnislos geblieben. Dabei verliert der menschliche Körper ständig Haare oder Hautfetzen, anhand derer man einen genetischen Fingerabdruck anfertigen könnte. Der Kerl musste so etwas wie ein Ganzkörperkondom getragen haben.

Was Wolf jetzt beschäftigte, waren die beiden Baustrahler. Die Exemplare, die sich im Lager der Spurensicherung befanden, waren nicht mit denen identisch, die der Mörder am Tatort hinterlassen hatte. Die befanden sich bei ihm zu Hause, im Arbeitskeller.

Er spielte kurz mit dem Gedanken, diese Vorfälle zu melden; vielleicht konnte er die Kollegen davon überzeugen, dass da doch ganz offensichtlich jemand versuchte, den Verdacht auf ihn zu lenken – aber als er sich überlegte, wie es dann bei der offiziellen Untersuchung weitergehen würde, verwarf er den Gedanken sofort wieder.

»Das nimmt mir niemand ab«, stellte er verbittert fest.

Es gab zum Glück nur ein Foto, auf dem die richtigen Baustrahler zu sehen waren, und das hatte er unbemerkt an sich genommen. Aber das verschaffte ihm lediglich einen Aufschub. Selbst wenn die Entwendung des Fotos nicht auffallen würde, Rudloff hatte die Strahler – die richtigen – ebenfalls gesehen.

Am einfachsten wäre es, seine Baustrahler wieder zurückzutauschen, natürlich nachdem er alle Fingerabdrücke und Spuren beseitigt hatte. Aber das war jetzt nicht mehr möglich. Dieser oberkluge Strawatzki hatte sich alle Beweismittel unter den Nagel gerissen, um sich, wie er sagte, einen eigenen Eindruck zu verschaffen. Wie auch immer, jetzt war es zu spät und Wolf musste versuchen, das Beste aus der Situation zu machen.

Er musste herausfinden, wer ihn in diese Mordfälle mit hineinziehen wollte. Dieser Jemand musste ungehinderten Zugriff zu seinem Büro, zur Asservatenkammer, ja sogar zu seinem Haus haben! Dafür kam eigentlich nur einer in Betracht und das war er selbst. Aber das war natürlich unmöglich.

»Es muss eine andere Möglichkeit geben!«, flüsterte Wolf verzweifelt, beschloss dann aber, die Überlegungen für heute zu beenden. Seine Gedanken drehten sich nur im Kreis und die unterdrückte Angst versuchte wieder Besitz von ihm zu ergreifen. Ihm blieb nichts anderes übrig, als abzuwarten und die Augen offen zu halten. Irgendetwas würde ihm schon einfallen.

Noch in Gedanken öffnete er seine Schreibtischschublade, um sich ein Lineal herauszuholen. Erst als seine Finger in etwas Weiches griffen, schaute er hinein. Was er sah, jagte ihm heiße Schauer durch den Körper: Ein fleckiger Lappen, gewickelt um einen länglichen Gegenstand, dessen Ende dunkelbraun und blank poliert an einer Seite herausschaute. Wolf wusste sofort, was das war. Der Dolch!

Langsam, geradezu widerwillig hob er das Bündel auf und legte es auf seinen Schreibtisch. Wie kam der Dolch in seine Schreibtischschublade? Strawatzki hatte doch alle Beweisstücke aus dem Lager in sein provisorisches Büro bringen lassen. Vorsichtig schlug Wolf den Lappen auf, bis die Waffe unverhüllt vor ihm lag.

Es war wirklich genau wie beim ersten Mal. Dunkelrot glänzte das noch nicht eingetrocknete Blut, das die gesamte Länge der Klinge bedeckte. Wolf merkte gar nicht, dass sein Atem stoßweise ging, er hörte nur ein dumpfes Rauschen und Pochen, das plötzlich den ganzen Raum auszufüllen schien. Seine Gedanken rasten hin und her, ohne dass er in der Lage war, ihre Kapriolen nachzuvollziehen.

Von weit weg hörte er ein drängendes Klingeln, das immer lauter wurde. Der Telefonapparat machte mit lautem Klingelgeräuschen schon zum sechsten Mal auf sich aufmerksam, als Wolf endlich aus seiner Starre erwachte und den Hörer abnahm.

Genauso wie beim ersten Mal, dachte Wolf fünf Minuten später, als er das Gespräch beendet hatte.

Eine weitere, grausam zugerichtete Leiche war gefunden worden. In einem kleinen Tatoo-Studio in der Nähe des Bahnhofs.

Mechanisch wickelte Wolf den Dolch ein und legte ihn zurück in die Schreibtischschublade. Im Moment war es ihm fast egal, ob jemand ihn dort finden könnte oder nicht. Er steckte verdammt noch mal ganz tief drin in der Scheiße. Einem unsichtbaren Gegner ausgeliefert, der sein perfides Spiel mit ihm trieb, ohne dass er etwas dagegen unternehmen konnte.

Das Tatoo-Studio lag nur ein paar hundert Meter vom Polizeirevier entfernt. Wolf überlegte, ob er die kurze Strecke nicht auch zu Fuß bewältigen könne. In der Straße waren Parkplätze ohnehin Mangelware.

Im Treppenhaus lief ihm Dirk Strawatzki über den Weg, dicht gefolgt von Wilden. Der »Spürhund«, wie er in Fachkreisen genannt wurde, mühte sich mit drei großen Taschen ab. Gegen den korpulenten Strawatzki wirkte der 1,60 Meter kleine Mann geradezu zerbrechlich. Aber, wie viele Männer von kleinerem Wuchs, verfügte Wilden über ein Übermaß an Zähigkeit und Energie. Wenn er sich einmal festgebissen hatte, war er so schnell nicht wieder loszukriegen. Hinzu kam eine Akribie, die auch nicht das kleinste Staubteilchen außer Acht ließ. Wolf war heilfroh, dass er bei den ersten beiden Fällen noch nicht dabei gewesen war. Die »Pannen« mit dem Dolch und den Strahlern wären ihm sofort aufgefallen.

Sie einigten sich darauf, einen gemeinsamen Dienstwagen zu nehmen, und standen bereits fünf Minuten später vor dem Schaufenster des Studios, das mit Fotos des Künstlers dekoriert war. Die Aufnahmen unterschiedlicher, mit Tätowierungen versehener Körperteile, willkürlich nebeneinandergeklebt, wirkten merkwürdig surreal – aber auch irgendwie bedrohlich, fand Wolf. Er hatte noch nie nachvollziehen können, warum sich jemand dauerhaft Bilder oder Symbole in die Haut nadeln ließ, genauso wenig wie die zur Zeit sehr beliebte Praktik des »Piercings«. Allein schon der Gedanke daran, sich ein Loch in die Zunge stanzen zu lassen, ließ ihn sich unwillkürlich schütteln.

Wolf wollte gerade die Türe öffnen, als die Notfallbereitschaft des Krankenhauses heraustrat. Wolf erkannte die Dienst habende Ärztin. Es war Frau Doktor Hasselbach, eine erfahrene, wenn nicht gar abgebrühte Ärztin von gut fünfzig Jahren, die auch hin und wieder in der Gerichtsmedizin aushalf. Sie schaute ihn mit einer Mischung aus Entsetzen und Verzweiflung an. Aus ihrem Gesicht war jede Farbe gewichen. Wolf bot ihr unwillkürlich seinen Arm zur Stütze an. Sie winkte dankend ab, holte tief Luft und schüttelte den Kopf.

»Entschuldigen Sie«, sagte sie. »Ich dachte bis heute, dass ich schon alles gesehen hätte. Aber das war wohl ein Irrtum.« Das Funkeln in ihren Augen strafte den ruhigen Ton ihrer Stimme Lügen. »Hier können wir nichts mehr tun.«

Ihr Blick fiel auf das Schaufenster. Wolf konnte deutlich erkennen, wie sich die Pupillen ihrer Augen sprunghaft weiteten und ihr Körper erzitterte. Die Ärztin öffnete den Mund, als wolle sie noch etwas sagen, schloss ihn dann aber wieder, schüttelte sich heftig und drehte sich abrupt um. Mit schnellen Schritten floh sie geradezu zum Notarztwagen.

Wolf spürte, wie sich die Haut auf seinem Rücken zu einer Gänsehaut zusammenzog. Dass die Hasselbach so um ihre Beherrschung ringen musste, hatte er noch nie erlebt. Mit einem mulmigen Gefühl folgte er seinen Kollegen durch die Eingangstür.

Drinnen empfing sie angespannte Ruhe. Unwillkürlich bewegten sie sich so leise wie möglich. Selbst Strawatzki schluckte die Bemerkung über empfindliche Ärzte, die ihm auf der Zunge lag, herunter. Die Atmosphäre war fast greifbar: etwas Bösartiges, Kaltes, das sich in ihre Herzen schlich und die Beine schwer wie Blei werden ließ. Aus einem der hinteren Zimmer drang leises Gemurmel. Das musste Rudloff sein.

Widerwillig setzte sich Wolf in Bewegung. Was mochte nun kommen? Wieder ein Bildnis aus Leichenteilen?

Was Wolfs Augen in dem kleinen Raum, in dem sie Rudloff fanden, sahen, wollte sein Gehirn nicht glauben. Da hing ein Mensch. Aufgespannt an einer komplizierten Vorrichtung. Aber irgendetwas war nicht richtig. Erst beim zweiten Hinsehen wurde es Wolf klar, dass das nur ein Teil eines Menschen war. Seine Haut. Diese allerdings fast vollständig. Als hätte man jemanden an einem Stück geschält. Das erinnerte ihn an die Indianer Nordamerikas. Diese hatten die Haut erlegter Büffel auf eine ähnliche Weise aufgespannt, um ihre Bilder darauf zu malen.

Schwarz, unwirklich, aber trotzdem bedrohlich, prangte eine tätowierte Wolfstatze auf dem Teil der Haut, der einmal den Rücken des Opfers bedeckt haben musste. Es war mit dem Bild identisch, das der Täter beim letzten Mord mit den Leichenteilen ausgelegt hatte. Nur hier war es filigraner, detaillierter.

Ein Schaltplan!, fuhr es Wolf durch den Kopf. Und die irrsinnige Idee, einen Elektroniker zu befragen, ob man diesen nachbauen könne.

Rudloff hatte seine Hände in milchig weißen Einweghandschuhen stecken und kauerte über einem undefinierbaren Bündel am Boden. Strawatzki hinter ihm begann plötzlich zu würgen und stürmte nach draußen. Wolf konnte es ihm nicht verübeln, ihm ging es auch nicht besser. Aber er beherrschte sich. Wilden war da eher wie Rudloff. Gelassen und konzentriert machte er sich an die Arbeit. Schoss unzählige Fotos und ging, bewaffnet mit Pinzette und Papiertüten, auf die Jagd nach den winzigen, unscheinbaren Details, die ausschlaggebend für den Erfolg der Ermittlungen sein konnten.

Rudloff erhob sich endlich von dem gehäuteten Torso und wandte sich an Wolf. »Kees van der Hokk. Sagt ihnen der Name etwas?«

Wolf spürte, wie ihn die scharfen Augen des BKA-Mannes beobachteten. Ob ihm der Name etwas sagte? Oh ja, das tat er! Einer von sieben ruhig gestellten Zeugen. Genauso wie ...

Wolf stand noch im Türrahmen, so konnte er sich rechtzeitig festhalten, wenn ein Schwächeanfall seine Knie weich werden ließ. »Entschuldigung«, keuchte er. »Ich bin wohl doch nicht so hart, wie ich dachte.«

Rudloff gab Wolf Gelegenheit sich zu erholen. Dann fragten seine Augen weiter.

Und Wolf riss sich zusammen: »Kees van der Hokk ist polizeilich bekannt. Vor ein paar Jahren war er wegen Drogenbesitzes und -weitergabe in kleinen Mengen aufgeflogen. Sein Vater stammt aus den Niederlanden, er hat aber einen deutschen Pass. – Sind sie sicher, dass er es ist?«

Rudloff nickte nur kurz und wandte sich an Strawatzki, der gerade wieder hereinkam. Dessen Gesicht wies noch einen Schimmer Grün auf, aber in seinen Augen stand die Entschlossenheit, sich nicht noch einmal zu blamieren.

»Kümmern Sie sich um die Spurensicherung, Herr Krüger und ich werden dem Besitzer des Ladens einen Besuch abstatten.«

Etwa eine Dreiviertelstunde später befanden sie sich wieder auf der Rückfahrt. Bernhard Roderik, der Inhaber des Tatoo-Studios, lag seit vier Tagen mit einem gebrochenen Bein im Krankenhaus. Die Geschäfte sollten während seiner Abwesenheit von Kees van der Hokk weitergeführt werden. Roderik hatte ihn so weit angelernt, dass er kleinere Aufträge selbstständig durchführen konnte. Kees arbeitete seit ungefähr einem Jahr in dem Tatoo-Studio und hatte sich seitdem nichts zu Schulden kommen lassen. »Ein Fall, der Anlass zur Hoffnung gab«, äußerte sich später sein Bewährungshelfer. Na ja, das hatte sich jetzt wohl erledigt.

Rudloff lenkte den Wagen in eine kleine Seitenstraße, fuhr in eine Parkbucht für Anlieger und schaltete den Motor ab. Dann fixierte er Wolf mit einem Blick, der diesen unwillkürlich frösteln ließ. »Kees van der Hokk lebte noch, als ich eintraf«, eröffnete er ihm.

Wolf erinnerte sich an den blutenden Haufen Fleisch, der von Kees übrig geblieben war, und runzelte die Stirne.

»Ich weiß, dass das eigentlich unmöglich ist«, erwiderte Rudloff seinen unausgesprochenen Einwand. »Aber es war so! Er hat sogar gesprochen. Zwei Worte, um es genau zu sagen. Er nannte einen Namen: Wolf Krüger. Zuerst dachte ich, ich hätte mich verhört. Seine Stimme war nur noch sehr schwach. Aber er hat diesen Namen wiederholt. Deutlich genug, dass ich mir absolut sicher bin, ihn richtig verstanden zu haben.«

Wolf starrte stumm auf seine Hände. Jetzt wäre die Gelegenheit, Rudloff alles zu beichten, ihm die unerklärlichen Vorfälle mit dem Dolch und den Baustrahlern zu schildern, vielleicht in ihm einen Verbündeten zu finden, aber sein Verstand verweigerte ihm den Dienst. Dichter, schleimiger Nebel verbreitete sich in seinem Gehirn und hüllte seine Gedanken ein wie dicke Watte. »Ich ...ich weiß nicht, was das soll, wie er darauf kommt«, brachte er schließlich mühsam hervor. »Ehrlich gesagt, habe ich seit mindestens zwei Jahren nicht mehr mit ihm zu tun gehabt.«

Rudloff schaute Wolf immer noch konzentriert an, aber sein Blick hatte den lauernden Hintergrund verloren. Er nahm ihm die Überraschung ab. Ein Glück für Wolf, dass Rudloff die sich überschlagenden Stimmen in seinem Gehirn nicht vernehmen konnte. Der Nebel in Wolfs Gehirn hatte sich schlagartig gelichtet. Aber das, was er freigab, diente nicht gerade seiner Erleichterung. Der Gedanke, der sich eingeschlichen hatte, als Wolf den Namen des dritten Opfers zum ersten Mal gehört hatte, war gerade eben zum Abschluss gekommen. Die drei Mordfälle hatten über die schreckliche Grausamkeit der Tat hinaus einen weiteren Zusammenhang. Alle drei Opfer waren Zeugen eines ganz bestimmten Todesfalles gewesen. Kalter Schweiß trat aus Wolfs Poren, während ein unglaublicher Verdacht in ihm hochstieg. Wenn das, was er vermutete, zutraf, waren noch vier Menschen in unmittelbarer Todesgefahr. Und er selbst steckte in Schwierigkeiten. In verdammt großen Schwierigkeiten.

Rudloff startete den Wagen und war bald von dem dichter werdenden Verkehr abgelenkt. Daher hoffte Wolf, dass ihm das unkontrollierbare Zittern seiner Hände nicht auffiel.

Der Jäger

»Wolfstatze.«

Mit wechselnder Betonung flüsterte Rudloff das Wort vor sich hin und horchte nach, ob sich in seinem Innern ein Echo einstellte. Ein frischer Wind war aufgekommen und säuselte pfeifend an seinen Ohren vorbei. Rudloff hatte sich dorthin zurückgezogen, wo er ungestört seinen Gedanken freien Lauf lassen konnte: ein versteckter Hochsitz am Rande einer Lichtung, mit weitem Blick über die hügelige Herbstlandschaft der Eifel.

Abgeerntete Stoppelfelder in warmen, erdigen Brauntönen wechselten sich mit Wiesen und Weideflächen ab, die der vergangene Sommer goldgelb gefärbt hatte. Buche, Ahorn, Eiche und andere Laubbäume, mit leuchtenden ocker, rot und gelb gefärbten Blättern, waren wie bunte Tupfer eingestreut in das Dunkelgrün von Tannen und Fichten. Er fühlte sich zurückversetzt in seine Jugend, als er solche Verstecke aufsuchte, um den Zorn seines Vaters auszusitzen. Beide waren sich zu ähnlich, um ohne Konflikte miteinander auszukommen. Rudloff hatte Jahre gebraucht, um die Sturheit, die er von seinem Vater geerbt hatte, in Beharrlichkeit und Stehvermögen umzuwandeln. Eine weitere ererbte Eigenschaft war der Zwang, alles alleine machen zu müssen. Sein Vater hatte in seinem ganzen Leben noch nie Hilfe angenommen, und der Sohn stand ihm auch da in nichts nach. Das hätte Rudloff beinahe das Genick gebrochen. Ein umsichtigerer und flexiblerer Mensch wäre niemals in eine solche Falle gelaufen wie er.

Rudloff schüttelte leicht den Kopf. Acht Jahre war es nun her. Und er hatte sie immer noch nicht überwunden, die

»Schlappe«. Er war gescheitert, obwohl er eindeutig im Recht war und die anderen im Unrecht. Sie hatten gegen geltende Gesetze verstoßen, die hohen Herren. Und er, der kleine aber geniale Polizeibeamte, war ihnen auf die Schliche gekommen. Hatte sie mit seinem sicheren Jagdinstinkt aufgespürt, die dunklen Flecken auf ihrer weißen Weste. Aber statt sich Rückendeckung zu holen, jemanden ins Vertrauen zu ziehen, war er alleine losgeprescht. David gegen Goliath!

Nur dass die Geschichte diesmal anders ausging. Wie ein lästiges Insekt war er abgeschüttelt und mundtot gemacht worden. Und am Ende hatte er sich selbst korrumpieren lassen, den angebotenen bequemen Happen angenommen. Was hätte er auch ausrichten können, gegen die Geschütze, die man gegen ihn auffuhr? Zu viele waren eingeflochten in den Skandal. Zu groß war die Summe, die auf dem Spiel stand. Zu groß für einen Einzelgänger wie ihn, der zu dämlich war zuzugeben, dass auch er mal Hilfe brauchte.

Heute wusste er, dass es falsch gewesen war aufzugeben. Er hätte Unterstützung suchen und die Sache konsequent zu Ende bringen müssen. Ein anderer hatte ihn dann aufgedeckt, den Skandal um Waffenlieferungen in diktatorisch regierte Länder und Krisengebiete, bei denen die Rüstungsindustrie und hohe Beamte und Funktionäre im Innenministerium kräftig verdient hatten. Spätestens dann hätte er sich melden müssen, denn es wurden längst nicht alle Beteiligten aufgedeckt. Aber auch da hatte er nichts gesagt. Aus Angst, sich selbst zu belasten und seinen Job als Polizist zu verlieren. Das Einzige, was er jetzt noch tun konnte, war, sich selbst gegenüber seine Schuld einzugestehen und zu versuchen, aus der Sache zu lernen. Aber das war leichter gesagt als getan.

Rudloff wandte seine Aufmerksamkeit wieder dem aktuellen Fall zu. Die Wolfstatze war jetzt wichtiger.

Zeichen wie diese beinhalteten immer eine Botschaft, eine tiefere Bedeutung oder einen besonderen Bezug. Seit er die »Ein-Mann-Abteilung« zur Aufklärung ungeklärter okkulter Verbrechen beim Bundeskriminalamt leitete, hatte sich sein Wissen über Symbole und deren Bedeutung vervielfacht. Schon seit Urzeiten hatten Menschen versucht, die Mächte, die sie hinter unerklärlichen Erscheinungen vermuteten, mit besonderen Zeichen zu bannen oder herbeizurufen, um sie sich gefügig zu machen.

Im Laufe der Jahrtausende war so eine Vielzahl an Bildern und abstrakten Symbolen entstanden. Dabei konnte es durchaus vorkommen, dass deren Bedeutung im Laufe der Zeit mehrfach wechselte. Bemerkenswert war, dass man die meisten Symbole auf einige wenige geometrische Grundstrukturen zurückführen konnte. Kreis, Stern, Drei-, Vier- und Vielecke, die sich wiederum dem Kreis annäherten.

In Gedanken ging Rudloff alle Symbole durch, die er kannte. Aber nirgends stieß er auf eine Wolfstatze.

Wieso eigentlich Wolfstatze?, ging es ihm durch den Kopf. Es hätte doch auch der Abdruck einer Hundepfote sein können.

Nach einer Weile schüttelte Rudloff den Kopf. Er konnte sich den Grund nicht erklären, aber er war ganz sicher, dass das Bild, das der Verursacher der Morde hinterlassen hatte, eine Wolfstatze darstellen sollte.

Eigenartig waren auch die kompliziert wirkenden Strukturen innerhalb des Umrisses. Bei dem Vergleich zwischen der Tätowierung des letzten Falles und dem Bild, das die ausgelegten Leichenteile im Walzwerk darstellten, war nicht nur ihm aufgefallen, dass diese bis aufs kleinste Detail identisch waren. Wolf Krüger hatte eine Zeichnung angefertigt, auf der die Linien aussahen, wie der Bauplan zu einem elektronischen Gerät.

Eine durchaus interessante Theorie. Wolf hatte sogar den Vorschlag gemacht, einen Fachmann zu befragen, ob man es nachbauen könne. Leider hatte sich bald herausgestellt, dass wichtige Details fehlten. Es war zwar tatsächlich so etwas wie ein Schaltkreis zu erkennen und Stellen, an denen elektronische Bauteile eingesetzt werden sollten, aber man wusste nicht welche – ob Kondensator oder Widerstand oder Regler oder was auch immer. Es gab Tausende von diesen zum Teil winzigen Dingern, eingeschweißt in Kunststoff, in den verschiedensten Farben und Formen, die nur der Fachmann sicher erkennen konnte. Selbst wenn die Wolfstatze so etwas wie einen Schaltplan darstellte, mit den lückenhaften Angaben, die er enthielt, war es nicht möglich, daraus etwas zu konstruieren, das vielleicht Aufschlüsse über den Täter geben könnte.

Rudloff zog die Stirn kraus. Es gefiel ihm ganz und gar nicht, aber er musste zugeben, dass er und die Kollegen der Mordkommission zur Zeit ordentlich an der Nase herumgeführt wurden. Das Wissen und die Technik, die hinter den drei Mordfällen standen, waren gleichzeitig so umfassend und so tief gehend, dass man mindestens ein Dutzend Spezialisten dafür brauchte.

Nur einige Wenige hatten davon Kenntnis, wie die Maya es fertig brachten, ihren Opfern das Herz bei lebendigem Leibe herauszureißen. Nur eine Handvoll Spezialisten kannte die genaue Abfolge des Todes der 3357 Schnitte aus der chinesischen Kaiserzeit.

Die Tätowierung auf der Haut des dritten Opfers war mit einer Genauigkeit und Sorgfalt vorgenommen worden, wie sie nur wirkliche »Künstler« beherrschten. Dabei hatte der Täter verdammt wenig Zeit für diese Arbeit gehabt. Außerdem hatte er sein Opfer nach der Häutung mit einer Paste aus einer unbekannten Substanz eingeschmiert, die sofort alle Blutungen stillte und das Leben und damit die Qualen des Mannes um einiges verlängerte. Die Kollegen von der Gerichtsmedizin in Bonn waren noch immer mit der Analyse dieser Paste beschäftigt.

Die Ergebnisse der Untersuchungen brachten keine Klärung, sondern nur weitere Fragen. Die Mitglieder der Mordkommission waren allesamt hervorragende Leute, die mit viel Erfahrung und Engagement an der Sache arbeiteten. Aber diese Morde ließen ihre Vermutungen samt und sonders ins Leere laufen. Hier waren Kräfte am Werk, die über den menschlichen Verstand hinausgingen. Wenigstens über den Teil, der für logisches Denken verantwortlich war.

Rudloff kannte das nur allzu gut. Es war die Art von Fällen, die schließlich nach vergeblichen Bemühungen der besten Kriminologen auf seinem Schreibtisch landeten.

Aber diesmal war selbst er ratlos. Was hier vor sich ging, war mit keinem seiner bisherigen Fälle zu vergleichen, und fast schon fragte sich Rudloff, ob er sich hier nicht auf dem falschen Territorium bewege.

Aber sein Instinkt hatte ihn bislang noch nie getäuscht!

Der Einzige im Team, der neben Rudloff in der Lage war, über die bekannten Denkschemen hinauszugehen, war ... Wolf Krüger.

Warum hatte Kees van der Hokk den Namen des Ermittlungsbeamten genannt? Der erste Gedanke war natürlich, dass das Opfer seinen Mörder preisgeben wollte. Es war Glück für Wolf, dass Rudloff der Erste war, der am Tatort eingetroffen war. Sein Gespür hatte ihm geraten, den anderen nichts von dieser Äußerung zu erzählen. Wolf konnte unmöglich der Täter gewesen sein, er war während der Tatzeit nachweisbar in der Polizeiwache Euskirchen. Aber er musste in einem besonderen Verhältnissen zu den Morden stehen.

Der Mörder hatte sich die Mühe gemacht, sein Opfer überleben zu lassen, um Wolf gezielt zu beschuldigen. Aber wieso?

Rudloff rief sich den Moment ins Gedächtnis, als er Wolf mit den Aussagen des Opfers konfrontierte. Natürlich war der Polizist aus allen Wolken gefallen. Aber da war noch etwas anderes gewesen. Rudloff war das erkennende Aufblitzen in seinen Augen aufgefallen. Auch wenn Wolf versucht hatte, den Unwissenden zu mimen, Rudloff verfügte über genügend Menschenkenntnis, um zu bemerken, dass es im Gehirn des Beamten deutlich »Klick« gemacht hatte. Aber anstatt seinem Kollegen die neue Erkenntnis mitzuteilen, hatte er lieber geschwiegen. Und vor lauter Nervosität mit den Händen gezittert.

Hier war etwas faul! Da war es gut, dass er darauf bestanden hatte, Wolf im Team der Mordkommission zu belassen. Auch wenn er dabei ordentlich Staub aufwirbeln musste.

Ein feines Grinsen umspielte die Lippen des als trocken und humorlos geltenden BKA-Ermittlers. Strawatzki und Drollbusch hatten selbst Schuld an ihrer Blamage. Typen wie diese brauchten hin und wieder den Holzhammer. Er musste Wolf im Auge behalten, und das konnte er am besten, wenn der Ermittlungsbeamte weiterhin an dem Fall mitarbeitete.

Plötzlich blitzte es grell in Rudloffs Gehirn auf.

Wolf – Wolfstatze.

Natürlich war ihm diese Übereinstimmung sofort aufgefallen, aber das konnte ja wohl nichts anderes als der reine Zufall sein. Und doch – ein intuitives Gefühl sagte Rudloff, dass es besser wäre, den Kerl genauer unter die Lupe zu nehmen. Umfeld, Lebensweise, Bekannten- und Freundeskreis und natürlich die Vergangenheit. Irgendwo lag da ein Schlüssel, ein Zusammenhang mit den Mordfällen. Und es musste etwas für den Polizisten sehr Unangenehmes sein.

Blau

Seine Gesichtsfarbe war blau, als er aus dem Schlaf hochschreckte. Es war Sauerstoffmangel, der nicht nur seine Gesichtshaut färbte, sondern auch die Augen unnatürlich hervorquellen ließ. Ein rundum abgeschlossener Schutzanzug schirmte ihn hermetisch von der Außenwelt ab. Ein angeschlossenes Atemgerät hatte ihn bis jetzt mit Sauerstoff versorgt, doch gerade eben hatte er den letzten Rest an Luft aufgebraucht. Die Situation wurde dadurch gefährlich, dass er zunächst nichts von seiner außergewöhnlichen Bekleidung wusste. Während seine Hände Halt suchend in der Luft ruderten, versuchte sein Verstand verzweifelt, die Kontrolle zurückzugewinnen. Er hatte nur wenige Sekunden Zeit, seine Lage zu erfassen und die notwendigen Maßnahmen für seine Rettung zu ergreifen. Dunkle Schatten schoben sich in sein Bewusstsein und drohten ihn in eine tödliche Ohnmacht hineinzuziehen, als seine Finger endlich den Verschluss fanden, der den Kopfteil des Anzugs mit dem Rest verband. Laut röchelnd zog er die Luft ein und fiel zurück aufs Bett, wo er eine ganze Weile heftig atmend liegen blieb. Dann erst drangen die Bilder, die seine Augen erfasst hatten, in sein Bewusstsein.

Laut schreiend sprang er auf und starrte entsetzt auf das zerwühlte, über und über mit Blut verschmierte Bett. Zitternd vergewisserte er sich, dass er nicht verletzt war, dass das Blut nicht von ihm stammte.

Er hatte nicht den kleinsten Kratzer am Körper. Aber der neongelbe Schutzanzug, den er hastig auszog, war voller roter Flecken. Jetzt setzte die Schockwirkung ein. Zuerst erhöhte sich schlagartig die Herzfrequenz, dann fiel der Kreislauf in den Keller. Die Knie gaben nach und er musste sich heftig atmend auf den nächsten Stuhl setzen.

Sein auf extreme Situationen geschulter Verstand arbeitet dabei ungerührt weiter. Er nahm alles wie aus weiter Ferne wahr, aber seine Gedanken waren ungewöhnlich klar.

Zuerst stellte er fest, wo er sich befand. Zu Hause in seinem Schlafzimmer. Während sein Gehirn sich bemühte herauszufinden, was passiert war, suchten seine Augen systematisch den Raum nach Besonderheiten ab. Wieso hatte er einen Schutzanzug getragen? Wo kam das Blut her? Gleichzeitig kämpfte ein Teil von ihm mit der aufsteigenden Panik.

»Ruhig«, flüsterte er sich Mut zu, »ganz ruhig.«

Für all das musste es eine ganz einfache Erklärung geben. Er musste systematisch vorgehen. Was war letzte Nacht passiert? Was hatte er getan, bevor er sich ins Bett gelegt hatte?

»Kopfschmerzen!«, meldete sich sein Gedächtnis zu Wort.

Er war gestern Abend früher als sonst schlafen gegangen, weil er Kopfschmerzen hatte. Er hatte sich ausgezogen, die Zähne geputzt und sich dann hingelegt. Sonst nichts. Der Anzug, gelb mit grausigen, roten Flecken, gelangte in sein Blickfeld. Da musste noch etwas gewesen sein! Ein dumpfes Stechen breitete sich langsam von seinem Hinterkopf aus. Verzweifelt kämpfte er dagegen an.

Er brauchte Zeit. Er musste sich konzentrieren. Drogen! Jemand könnte die Kopfschmerztabletten, die er gestern genommen hatte, gegen ein Schlafmittel ausgetauscht haben. Nach einem Einbruch konnte es dann nicht mehr schwer gewesen sein, ihm den Schutzanzug anzuziehen. Damit er nicht sofort wach wurde, hatte man noch etwas Luft im Atemgerät gelassen. Damit genügend Zeit verblieb zu verduften. Ein perfider Mordversuch. So musste es gewesen sein.

Noch während er sich die Richtigkeit seiner Gedanken bestätigte, stieg eine Heerschar von Zweifeln aus seinem Inneren hoch: Woher hatte der mögliche Täter gewusst, dass er ausgerechnet heute Abend Kopfschmerzen bekommen und Tabletten dagegen schlucken würde? Außerdem war das alles viel zu aufwändig. Ein kurzer, gezielter Stich mit einem scharfen Messer oder ein Schuss aus einer schallgedämpften Pistole wäre eine einfachere und sicherere Methode gewesen, ihn umzubringen.

Und es erklärte nicht das viele Blut.

Heftig schüttelte er seinen Kopf, um den nächsten Gedanken zu vertreiben. Das konnte, das durfte nicht sein! Irgendjemand versuchte, ihn in den Wahnsinn zu treiben. Das war ein perverses abgekartetes Spiel, das sie da mit ihm trieben.

Aber wie darauf reagieren? Sollte er die Polizei verständigen? Nach kurzer Überlegung verwarf er diesen Gedanken wieder. Zu unwahrscheinlich, dass man ihm die Geschichte abkaufen würde. Und was wäre, wenn das Blut tatsächlich von einem Mordfall stammte? Als er merkte, dass sein Verstand dabei war, entweder ins Leere oder in die Irre zu laufen, brach er seine Überlegungen ab. Er stand noch unter Schock. Ganz egal, wie klar ihm seine Gedanken erscheinen mochten.

Mühsam rappelte er sich auf, durchquerte das Schlafzimmer und ging in die Küche. Jetzt brauchte er erst einmal einen starken Kaffee. Dann, wenn er sich einigermaßen wieder im Griff hatte, würde er in aller Ruhe überlegen, was als Nächstes zu tun sei.

Eine halbe Stunde später saß er am Küchentisch und studierte die Zeitung. Er hatte sie unten im Treppenhaus des Mietsgebäudes, in dem sich seine Wohnung befand, aus seinem Briefkasten geholt. Er war sich bewusst, dass er hier nichts als Ablenkung versuchte.

»Grausamer Mord in Euskirchen Die Bestie hat wieder zugeschlagen. Polizei tappt weiter im Dunkeln ...«

Sein ganzer Körper überzog sich kribbelnd mit einer Gänsehaut. Das wollte man ihm anhängen! Das war der Hintergrund. Fieberhaft las er weiter. Am Namen des Mannes blieb er hängen. Seine Augen weiteten sich, während es in seinem Gehirn zu arbeiten begann. Der dritte Mord in Serie. Wie hießen die anderen beiden? Yvonne/Roger Wegmeier, Heinrich Zimmermann und jetzt Kees van der Hokk. Es gab einen Zusammenhang, einen Vorfall, der alle drei miteinander verband. Das konnte kein Zufall sein!

Im Zeitraffer rasten seine Gedanken in die Vergangenheit. Der Unfall damals. Sie hatten seine Beförderung gefeiert und getrunken, verdammt viel getrunken. Trotzdem hatte er darauf bestanden zu fahren. Wie idiotisch! Und dann war da plötzlich dieser Alte. Wie aus dem Nichts war er aufgetaucht. Er hatte nicht die Spur einer Chance gehabt, den Unfall zu verhindern. Das sagte er sich damals, genauso wie heute und jedes Mal, wenn die Erinnerungen kamen. Der große Landrover, den er damals fuhr, hatte den Mann erfasst und sofort getötet.

In ihrer Verzweiflung hatten sie die Leiche gepackt und im Kofferraum verstaut. Sie waren Polizisten, er und der andere, abgebrüht und mit allen Wassern gewaschen. Aber es war eine Frau, die ihnen dann gesagt hatte, was zu tun war. Sie hatten die Leiche auf die Gleise der Bahnstrecke von Köln nach Trier gesetzt, kurz vor Mechernich, da gab es einen langen, unübersichtlichen Bogen. Der erste Zug fuhr, als es noch dunkel war. Die ermittelnden Kripobeamten waren sie selbst gewesen. Ein Kinderspiel! Es hatte funktioniert und alles war wieder gut.

Das hatten sie zumindest gedacht.

Aber dann meldeten sich die Zeugen. Sieben waren es, sechs Männer und eine Frau. Zum Glück hatten sie niemanden erkannt. Außerdem waren sie zur Tatzeit nicht gerade nüchtern gewesen. Auch das hatten sie geregelt. Und jetzt wurden genau diese Zeugen – einer nach dem anderen – bestialisch umgebracht. Es gab nur einen, der dahinter stecken konnte.

Wie ein Puzzle fügte sich plötzlich alles zusammen. Jetzt ergaben auch die Vorfälle mit seinen blutgetränkten Sachen einen Sinn.

Wolf Krüger musste den Verstand verloren haben, metzelt die Zeugen nieder und versucht, ihm die Sache anzuhängen. Aber da hatte er die Rechnung ohne den Wirt gemacht!

Entschlossen faltete er die Zeitung zusammen, stand auf und ging zum Schlafzimmer. Jetzt, wo er wusste, wer dahinter stand, hatte der Morgen seinen Schrecken verloren.

Aussprache

Marion machte sich Sorgen, große Sorgen. Mit ihrem Mann ging etwas vor. Etwas, das ihr unheimlich war. Nicht nur, dass er immer wortkarger und verschlossener wurde. Nein, das kannte sie. Es war seine eigene Reaktion auf Stress an seinem Arbeitsplatz. Besonders, wenn laufende Ermittlungen im Sande zu verlaufen drohten.

Da war mehr, eine düstere Bedrohung, eine hintergründige Angst, die sie in seinen Augen sehen konnte. Mehrmals schon hatte sie versucht, sich ihm vorsichtig zu nähern, ihm Gelegenheit zu geben, sich ihr anzuvertrauen. Aber er hatte immer wieder abgeblockt. Wenn sie es nicht besser wüsste, hätte sie vermuten können, dass er eine Affäre hatte.

Wolf hatte bisher alles mit ihr geteilt. Wie viel Sicherheit ihr das gegeben hatte, wurde ihr jetzt bewusst, da ihr Mann plötzlich Lichtjahre entfernt zu sein schien.

Er hatte Angst. Seine ganze Haltung drückte die enorme Anspannung aus, unter der er stehen musste. Marion war schon im normalen Zustand sensibel, jetzt, hochschwanger und zutiefst verletzlich, waren ihre Sinne aufs Äußerste geschärft. Als Unterstützung für den Haushalt war Wolf schon seit dem ersten Mord kaum noch zu gebrauchen. Seitdem war es mit ihm immer schlimmer geworden. Marion spürte, wie in ihrem Innern die Kräfte miteinander rangen. Der eine Teil war wütend, wollte einfordern, ein anderer hatte selbst Angst, wollte lieber den Kopf in den Sand stecken und warten, bis alles vorbei war. Schließlich setzte sich die dritte Kraft durch. Ihr Mann war in Not, brauchte ihre Hilfe, traute sich aber möglicherweise wegen ihres Zustandes nicht, sich ihr anzuvertrauen. Wenn Wolf bedroht war, dann waren sie und ihre Kinder es auch. Das war letztlich ausschlaggebend.

Sie musste ihn direkt ansprechen, wollte sie wissen, was los war. Und genau das würde sie tun, direkt heute Abend, wenn er nach Hause kam.

Stunden später, nach einer heftigen Auseinandersetzung, einem langen Gespräch und einer verzweifelten Versöhnung, bei der Wolf ihr weinend in den Armen gelegen hatte, lag sie schlaflos und grübelnd in ihrem Bett.

Wieder rangen die Kräfte in ihr. Wolf, der unendlich erleichtert gewesen war, seine Ängste jemandem anvertrauen zu können, war sofort eingeschlafen. Neidisch und ein wenig verärgert schaute Marion zu ihm hinüber. Aber sie hatte es ja so gewollt. Sie hatte keine Ruhe gegeben, bis er ihr alles erzählt hatte. Auch seine Vermutung, wer hinter den Morden stehen könnte. Wenn das, was Wolf ihr anvertraut hatte, zutraf, waren sie in großer Gefahr. Einen Menschen, der so mordete, konnte man nicht berechnen. Würde es ihm genügen, die Zeugen auszuschalten? Oder wären der Mittäter und die Mitwisserin als Nächstes dran?

Zärtlich streichelte Marion über die Wölbung ihres Bauches und versuchte, die Umrisse des Babys zu ertasten. Es war nur ein kleines unfertiges Wesen, das da in ihr heranwuchs, trotzdem hatte Marion plötzlich das Gefühl, dass ihr gerade von ihm ungeheure Kräfte zukamen. Ohne dass sie einen Grund hätte nennen können, war sie voller Zuversicht. Sie hatte einen Verbündeten.

Leise stand Marion auf, ging in die Küche und kochte sich einen Tee. An Schlaf war sowieso nicht zu denken. Entschlossen nahm sie einen Block und einen Stift und setzte sich an den Tisch. Wenn die Gedanken allzu wirr wurden, war nichts hilfreicher, als sie auf Papier zu bannen und systematisch einer Ordnung zu unterziehen.

Anton Blum, schrieb sie mit leicht zitternder Hand als Erstes auf und machte einen Kreis um den Namen. Es fiel ihr schwer, denn die Geschehnisse (und ihr Anteil daran), die sich mit diesem Namen verbanden, hatte sie aus ihrem Bewusstsein verbannt. Bei dem Opfer dieses Unfalles, der Jahre her war, schien der Ausgangspunkt ihrer Probleme zu liegen.

Mit heftigen Bewegungen zog sie sieben Linien nach unten und jeweils eine nach links und nach rechts.

Links schrieb sie *Wolf* und nach einem kurzen Zögern ihren eigenen Namen. Ihre Hand wanderte nach rechts. Dort gehörte der andere hin. Einst war er ein enger Freund der Familie, aber nach dem Schlamassel, in den er sie hineingezogen hatte, wollte Marion ihn nicht mehr in ihrem Haus dulden. Marion stellte erstaunt fest, dass sich ihre Hand schlichtweg weigerte, seinen Namen aufzuschreiben, stattdessen zeichnete sie nur eine Wolfstatze.

Ein Schaudern lief über ihren Rücken, als sie die Zeichnung betrachtete. Warum hatte sie das getan?

Schnell wandte sie sich den Enden der anderen Linien zu.

Roger Wegmeier:	*Herz*
Heinrich Zimmermann	*Labyrinth*
Kees van der Hokk:	*Haut*

Dass es Zeugen gegeben hatte damals, hatte Wolf ihr bis heute verschwiegen. Marion spürte einen stechenden Schmerz. Sie fühlte sich irgendwie verraten. Er hatte ihr beteuert, dass sie die Sache auch ohne ihre Hilfe in den Griff bekommen hatten, dass er sie nicht unnötig hatte beunruhigen wollen. Trotzdem war ihr Vertrauen erschüttert worden.

Hatte er ihr wirklich alles erzählt, was er wusste? Oder gab es jetzt auch noch etwas, das er ihr verheimlichte?

Unbewusst wanderte die Spitze des Stiftes zur nächsten Linie. Wer war der Nächste? Durfte sie davon ausgehen, dass er zuerst die Zeugen beseitigte, bevor er sich den Mittätern zuwandte?

Einer der drei fehlenden – Opfer? Zeugen? – war ein Geistlicher, Bruder Andreas, der sich als eine Art Streetworker um Obdachlose und auf die schiefe Bahn geratene Jugendliche kümmerte. Ein schrecklicher Gedanke zuckte durch Marions Gehirn. Am nächsten Mord werden wir mitschuldig sein. Sie mussten ihr Wissen der Polizei mitteilen, damit der Täter gefasst und weitere Morde verhindert werden konnten.

Aber das würde für sie bedeuten, alles zu verlieren. Einkommen, Haus, Ansehen, einfach alles! Wolf würde angeklagt und verurteilt werden. Sie würden ins Bodenlose fallen. Nein! Das konnte sie ihren Kindern nicht antun.

Es musste eine andere Möglichkeit geben, einen anderen Weg. Außerdem war nicht gesagt, dass ihr Mann Recht hatte mit seiner Vermutung. Es gab eine ganze Reihe an Begleitumständen, die mit seiner Theorie nicht erklärt werden konnten. Die Wolfstatze konnte dem Wahnsinn eines Geistes entsprungen sein, der an seiner Schuld zerbrochen war. Aber konnte ein Mensch sich in den wenigen Jahren all das Wissen und das Können aneignen, das für die Durchführung der bisherigen Morde notwendig war?

Möglich wäre es schon, flüsterte ihr eine innere Stimme zu, der sie nur sehr ungern Recht gab. Sie musste einen Weg finden, die möglichen Opfer zu warnen und Wolfs Kollegen auf die richtige Spur zu bringen, ohne alles zu verraten.

Eine gute halbe Stunde später stand Marion auf, stellte die Tasse in die Spüle und begab sich zu Bett. Einem zufälligen Beobachter wäre der entschlossene Ausdruck in ihrem Gesicht sofort aufgefallen. Marion war sicher, die Lösung all ihrer Probleme gefunden zu haben.

Grahn III

Dietrich Haller lehnte sich zurück und rieb sich die schmerzenden Augen. Das Wenige, das die Talglichter an Helligkeit spendeten, reichte kaum aus für die filigranen Konstruktionszeichnungen, mit denen er sich bis zu diesem Zeitpunkt beschäftigt hatte.

Der Raum, in dem er sich befand, wurde fast vollständig von einem schweren, eichenen Arbeitstisch eingenommen. Daneben beinhaltete er noch einen Stuhl, ein kleines Stehpult und zwei bis zur Decke reichende Stellagen, die die gesamte Wand in seinem Rücken und zu seiner Rechten ausfüllten. Ein Chaos aus Pergamentrollen, in Leder gebundenen Büchern, losen Blättern, Zeichengeräten und allerlei abenteuerlich aussehenden Gerätschaften quoll daraus hervor.

Dietrichs Ohren horchten in die Stille, ob sich nebenan etwas rühre. Er hatte bis tief in die Nacht an seinem Arbeitstisch gesessen und wie ein Besessener gezeichnet. Hier, in seiner kleinen versteckten Geheimkammer, fühlte er sich sicher genug, sich mit Dingen zu beschäftigen, die ihn in Teufels Küche bringen konnten, sollten sie jemals in die falschen Hände geraten. Es ging um die Gesetze der Mechanik, um Maschinen, die Leistungen vollbringen sollten, die nach allgemeiner Auffassung entweder unmöglich oder Teufelswerk waren.

Heute Abend waren es Fluggeräte. Er hatte monatelang den Flug der Vögel studiert und Beschaffenheit, Gewicht und Formen Hunderter Vogelflügel untersucht. Bis sich genug Daten in seinem unermüdlich arbeitenden Gehirn angesammelt hatten, um zu verstehen, nach welchem Prinzip die Natur arbeitete. Er musste die Luft, das alles durchdringende, unsichtbare Element, als etwas Festes, Stoffliches begreifen. Ähnlich dem Wasser, nur viel leichter und dünner. Dann ergab sich der Rest fast wie von selbst. Vergleichbar den Bewegungen der Fische, die sich mit Flossen im Wasser vorwärtsbewegten, ruderten die Vögel mit Flügeln in der Luft. Sie mussten nur mehr Kraft aufwenden, um vom Boden abzuheben. Beiden Bewegungsarten gleich war ein Grundprinzip: Durch Form und Bewegung der Flügel und Flossen entstand oberhalb ein Unter- und unterhalb ein Überdruck. Das eine zog hoch, das andere drückte nach oben. Das funktionierte bei entsprechender Geschwindigkeit auch ohne Flügelschlag, wie der Segelflug von Möwen und größeren Greifvögeln bewies. Wichtig erschien Dietrich dabei die gewölbte Form an der Oberseite der Schwingen, die er – trotz der Vielfalt der Flügelformen – bei allen Vogelarten festgestellt hatte. Wollte er ein Fluggerät konstruieren, mussten die Flügel des Apparates entsprechend gestaltet werden.

Die Natur war eine unerschöpfliche Quelle faszinierender Ideen, aber sie war nicht seine einzige. Immer wenn er sich verrannt hatte und sich über die Beschränktheit seines ärmlichen Geistes ärgerte, meldete sich eine Stimme in seinem Inneren. Sie redete nicht nur mit ihm, sie zeigte ihm auch Bilder. Manche davon waren erschreckend fremdartig, andere wunderschön und – obwohl er sicher sein konnte, so etwas noch nie gesehen zu haben – seltsam vertraut. Kaum etwas von dem, was sie ihn lehrten, konnte Dietrich für den Verdienst seines Lebensunterhalts anwenden.

Der Verdacht, mit dem Teufel im Bunde zu stehen, schwang wie ein Damoklesschwert über jedem, dessen Geist sich aus den engen Grenzen der gottgewollten Ordnung und Weltsicht der allmächtigen Mutter Kirche befreite. Nach geltendem Recht war die Welt rund dreitausend Jahre vor Christi

Geburt entstanden und hatte sich seitdem nicht verändert. Dies durfte nicht angezweifelt werden, wollte man nicht mit der mächtigsten und schrecklichsten Instanz der Kirche, mit der »Heiligen Inquisition«, Bekanntschaft machen.

Hunderte von Jahren dauerte dieser Würgegriff der Kirche schon an, mit dem jeglicher Fortschritt in Wissenschaft und Technik gebremst oder gar verhindert wurde. Gleichgültig, ob es um grundlegende Gedanken zum Wesen und Werden der Welt oder um lebensrettende Erkenntnisse in der Medizin ging.

Doch Dietrich ahnte, dass die Zeit, in der er lebte, der Kirche zum Trotz dabei war, große Gedanken und Ideen hervorzubringen, deren Realisierung vielleicht noch sehr lange dauern würde. Dass er bei seinen Beobachtungen nicht allein war, blieb ihm allerdings verborgen.

Nur manchmal, wenn ihn eine innere Unruhe hinaustrieb, ihn nächtens durch dunkle Winkel und in gottverlassenen Gegenden stromern ließ, hatte er das Gefühl, sich selbst fremd zu sein.

Es war etwas Uraltes, Nichtmenschliches, das in seinem Kopf saß.

Grahn hatte die zurückliegenden Jahrhunderte wie einen dauerhaften Trancezustand erlebt

Die Entwicklung der menschlichen Zivilisation war geprägt von dem unaufhaltsamen Zusammenbruch des römischen Imperiums und dem Beginn einer neuen Kultur. Neue Zentren der Macht entstanden und vergingen. Das Mittelalter bildete ein System von Abhängigkeiten aus, in dem Rechte an Land und Leute von oben nach unten verliehen wurden. Als Gegenleistung verpflichtete man sich zu militärischer Hilfe. Die aufstrebende Wirtschaftsmacht der Städte im Spätmittelalter löste diesen Feudalismus wieder ab und führte in der Renaissance zu neu verteilten Kräfteverhältnissen. Die Macht hatte nun derjenige, der über das meiste Geld verfügte. Das waren immer weniger Könige und Kaiser, sondern bürgerliche Kaufmannsfamilien wie die Medici oder die Fugger. In den wohlhabenden Städten zentrierte sich seit dem Beginn der Renaissance die geistige Elite und erfuhr hier ihre größte Blüte.

Grahn stieß irgendwann auf Dietrich Haller, als dieser seine ersten verbotenen Studien an Leichen unternahm. Dies nur im Dienste der Wissenschaft – aber der streng gläubige Mann hatte dennoch Gewissensbisse. Das war Grahns Möglichkeit zum Einstieg in den Geist des unbescholtenen Bürgers.

Was ihm da jedoch begegnete war anders als Bisheriges. Grahn musste erkennen, dass der Mensch dabei war, seine Umgebung systematisch zu erforschen, um die Kräfte der Natur für seine Zwecke zu nutzen.

Diese Erkenntnis wirkte wie ein Schalter in seinem Inneren, der umgelegt worden war und eine noch erhalten gebliebene Funktion des ursprünglichen Programms, das er einmal gewesen war, zu neuem Leben erweckte. Eine Reihe von Befehlen und Anordnungen, die keinen Widerspruch duldeten, erreichte Grahn Bewusstsein.

Grahn fütterte Dietrich Hallers Geist mit Bildern und Visionen und beobachtete, wie der Mensch reagierte. Der Wissenschafter war eine Ausnahmeerscheinung, aber seine Gedankenwelt zeigte deutlich, welches Potential in den Menschen steckte.

Die Lebensform Mensch war dabei, sich in eine Richtung zu bewegen, die sie gefährlich werden ließ. Noch war der kritische Punkt nicht erreicht. Aber die Abwehr war aktiviert.

Intrige

Dirk Strawatzki hatte kurzfristig eine zusätzliche Besprechung der Mordkommission einberufen. Dabei ergab es sich durchaus nicht zufällig, dass sowohl Rudloff als auch Wolf abwesend waren. Die beiden waren ihm nicht geheuer.

Rudloff, der BKA-Mann mit seinem seltsamen Gehabe um übersinnliche Kräfte, obwohl er nie offen darüber sprach, war für ihn ein Buch mit sieben Siegeln. Wie konnte ein solcher Spinner so gute Beziehungen aufbauen?

Wolf Krüger, der Ermittler von Euskirchen, war auch nicht viel besser. Strawatzki hatte das Gefühl, dass er mehr wusste, als er zugab. Die beiden kochten irgendwie ihr eigenes Süppchen und ließen ihn außen vor. Das konnte Strawatzki, der es gewohnt war, im Mittelpunkt zu stehen, absolut nicht leiden. Überhaupt liefen die Ermittlungen ganz und gar nicht so, wie er es gewohnt war. Es gab mittlerweile eine Fülle an Informationen und Material, aber nichts davon schien zusammenzugehören. Als hätte man ein Puzzle durch den Schredder gejagt.

Die Besprechung fand im kleinen Konferenzraum statt. Mittlerweile hatte man ihnen in den Gebäuden der Polizeiwache Euskirchen ein paar Räumlichkeiten zur Verfügung gestellt. Nicht besonders viel und ziemlich beengt, aber was wollte man schon erwarten, wenn man sich in die Provinz begab. Normalerweise hätte Strawatzki sich nicht mit solchen Kleinigkeiten wie einen Mord in der Eifel abgegeben, aber sein untrüglicher Riecher hatte ihm schon bei dem Bericht, den er über den ersten Mord gelesen hatte, gesagt, dass hier etwas Besonderes vor sich ging. Dies war einer der Fälle, an denen man sich hocharbeiten konnte. Aufsehen erregend, geheimnisvoll und daher ein gefundenes Fressen für die Medien. Wenn er es geschickt genug anstellte, konnte er sich hier einen guten Namen verschaffen. Er hatte alle Hebel in Bewegung gesetzt, um die Leitung der Mordkommission zu bekommen, was ihm dann auch gelungen war. Und diese Leitung würde er, verdammt noch mal, behalten! Das würde auch dieser zwielichtige Rudloff nicht verhindern können. Egal, über welche Beziehungen er verfügte.

»Guten Morgen, meine Herren!«, begrüßte Strawatzki die Kollegen der Kriminalhauptstelle Bonn, Lothar Reims und Werner Flöhring, sowie den Fachmann für Spurensicherung Gerald Wilden.

»Die Herren Rudloff und Krüger sind zur Zeit wohl noch unterwegs und Herr Wolter, unser Psychologe, konnte sich nicht so kurzfristig loseisen. Ich denke trotzdem, dass wir in der Lage sind, uns einen Überblick über den Stand der Ermittlungen zu verschaffen. Vor gut einer Stunde erreichte mich ein Anruf aus Bonn. Man möchte dort wissen, wie weit unsere Arbeit gediehen ist. Sie wissen ja selbst, wie das läuft: Die Presse zerreißt sich das Maul und wir müssen es ausbaden. Also, ich brauche Futter für die hohen Herren, irgendetwas, das wir denen als Ergebnis präsentieren können.«

Auffordernd sah er in die Runde. Natürlich wusste er selbst, dass sie nichts in der Hand hatten. Er hatte auch nicht wirklich vor, irgendetwas an seine vorgesetzte Stelle weiterzuleiten. Mit dem, was sie sich im Moment zusammenreimen konnten, würde er sich nur blamieren. Es war eine rein taktische Maßnahme. Zum einen bekam er so die aktuellsten Informationen, zum anderen sollten sich seine Kollegen daran gewöhnen, dass er hier das Sagen hatte. Darum hatte er auch Rudloff außen vor gelassen. Der Kerl untergrub seine Autorität, selbst wenn er nur dasaß und nichts sagte. Sein Kalkül ging auch dahin, dass er bei den anderen den Eindruck vermitteln wollte, dass das Team auch ohne Rudloff und Krüger zurechtkam.

Eine gute Stunde später war alles gesagt, aber nichts gewonnen. Jedenfalls nichts, was die Ermittlungen nach dem Mörder anbelangte. Die an den Tatorten gefundenen Materialien waren gesichtslose Massenware, deren Herkunft nicht ermittelt werden konnte. Mit Ausnahme des Dolchs. Eigentlich sollte Gerald Wilden sich darum kümmern, aber, und das war nun wirklich peinlich, das Teil war ständig im Umlauf. Im Moment musste es sich bei Wolf befinden.

»Dann nehmen Sie doch die Fotos«, patzte Strawatzki ärgerlich den Mann an. »Das dürfte doch nun wirklich reichen, um einen Fachmann zu Rate zu ziehen.«

Gerald schüttelte verärgert den Kopf. Das war ganz und gar nicht ausreichend. Ein Spezialist für altertümliche Waffen braucht das Original – allein um überhaupt feststellen zu können, ob die Waffe echt oder eine Replik ist. Sobald er Wolf zu fassen kriegte, würde er sich die Waffe besorgen, beschloss Wilden. Es war ihm sowieso rätselhaft, was der Kollege mit dem Beweisstück anfangen wollte.

»Hast du eigentlich jemanden beauftragt wegen der Schaltung?«, wandte sich Werner Flöhring an Wilden. Sie kannten sich aus ihrer Zusammenarbeit in einer ganzen Reihe von Mordkommissionen, bei denen die Anrede zwangsläufig zum vertrauteren Du wechselte. Nur hier, bei diesem steifen Strawatzki blieb der Umgang distanziert.

»Das ist nicht nötig«, mischte sich Strawatzki ein. »Sie glauben doch nicht im Ernst an diesen Unsinn. Nichts gegen den Kollegen Krüger, aber was diese Art von Ermittlungen anbelangt, ist er einfach noch zu unerfahren. Ich frage mich langsam ernsthaft, was er bei uns verloren hat.« Auf die erstaunten Blicke der Beamten zuckte Strawatzki nur mit den Schultern. »Entschuldigen Sie meine Offenheit«, setzte er nach, »aber ich war von Anfang an der Meinung, dass dieser Fall nur etwas für erfahrene Profis ist. Was, bitte schön, hat er denn Konstruktives zu den Ermittlungen beigetragen, außer dieser idiotischen Idee, die Tätowierung stelle einen Schaltplan dar? Für Science-Fiction haben wir wirklich keine Zeit!«

Damit drehte er sich auf dem Absatz um und verließ den Konferenzraum. Die Saat war gestreut. Vielleicht etwas zu deutlich, aber schließlich hatte er Recht. Dieser Provinzsheriff hatte bei ihnen nichts zu suchen.

Dennoch war Strawatzki nicht zufrieden. Er musste aufpassen, dass sich dieser Fall für ihn nicht als Flop und damit als Stolperstein erwies.

Während er den Flur entlang eilte, schüttelte er unbewusst den Kopf. Flöhring und Reims waren bei ihrer Suche nach Personen, die sowohl die Kenntnisse als auch die Fertigkeiten besaßen, solch komplexe Morde zu begehen, keinen Schritt weitergekommen.

Aber er hatte sich auch nicht viel davon versprochen. Außerdem war der Vorschlag dazu von Rudloff gekommen.

Ein weiterer Ansatz für die Ermittlungen waren die Opfer. Was die anbelangte, hatten sie bisher leider keine bemerkenswerten Zusammenhänge feststellen können. Hier verhielt sich Wolf erstaunlich zurückhaltend. Es waren doch seine »Pappenheimer«, da musste er eigentlich irgendetwas wissen.

Strawatzki war an der Tür zu seinem provisorischen Büro angelangt. Er hatte sich natürlich ein Einzelzimmer geben lassen, während sich der Rest des Teams – bis auf Wilden – ein gemeinsames Großraumbüro teilen musste. Wobei der Begriff »Großraum« nicht ganz den räumlichen Dimensionen entsprach, aber es musste auch so gehen.

Noch in Gedanken versunken, kramte Strawatzki den Schlüssel heraus, öffnete die Tür, ging hinein und verschloss sie von innen wieder.

Nachdem er seine Aktentasche auf den kleinen Schreibtisch, der in der Mitte des Raumes stand, abgelegt hatte, ging er zum Fenster und öffnete die Läden. Die Luft war furchtbar stickig, außerdem brauchte er jetzt etwas zu trinken. Das einzige Möbelstück, neben dem Schreibtisch und einem ledernen Bürosessel, war ein schmaler Spindschrank aus grau angestrichenem Blech. Strawatzki hätte natürlich einen ansehnlicheren Holzschrank haben können, aber er hatte seine guten Gründe, mit diesem stabilen und verschließbaren Teil zufrieden zu sein. Ohne es selber wahrzunehmen, blickte er sich verstohlen um sich, schloss die Tür auf und griff hinein. Seine Hand hielt eine Flasche mit einer klaren Flüssigkeit, als sie wieder hervorkam. Hastig schaute Strawatzki in Richtung des Fensters, um sich zu vergewissern, dass man ihn von dort aus nicht sehen konnte. Dann nahm er einen tiefen Schluck, wischte sich den Mund ab und stellte die Flasche wieder zurück. Bei der Sorgfalt, mit der er den Schrank wieder abschloss, hätte man vermuten können, dass sich darin die Schätze von Fort Knox befanden.

Schnell holte er anschließend ein angebrochenes Päckchen extrastarker Pfefferminzkaubonbons aus seiner Hosentasche und steckte sich gleich zwei der kleinen Dragees in den Mund. So würde niemand Verdacht schöpfen.

Die erste Spur

Dirk Strawatzki hatte gerade aufgelegt, als der Apparat auf seinem Schreibtisch ein nervtötendes Schnarren von sich gab. Welcher Idiot hat bloß das Rufzeichen so bescheuert eingestellt, dachte er verärgert und griff zum Hörer.

Er hatte gerade eine Reihe »wichtiger« Gespräche geführt, die alle dem Zweck dienten, seinen Namen bei den entscheidenden Stellen in der Verwaltung der Nordrhein-Westfälischen Landespolizei in Erinnerung zu bringen.

»Mordkommission Euskirchen, Strawatzki am Apparat«, meldete er sich, bemüht, viel beschäftigt aber nicht zu abweisend zu klingen.

»Rudloff hier. Kommen Sie in den Konferenzraum. Sofort!«, tönte ihm die Stimme des BKA-Mannes in einem unverschämten Befehlston aus dem Hörer entgegen.

Strawatzki setzte gerade zu einer passenden Bemerkung an – Was fiel diesem Kerl eigentlich ein, ihn zu sich zu zitieren? Er hatte überhaupt nichts zu bestimmen! –, da knackte es schon in der Leitung und ein leises Tut Tut Tut zeigte ihm, dass Rudloff bereits aufgelegt hatte.

Erbost sprang Strawatzki auf und stürmte zur Tür.

Mit schweren Schritten rannte er wütend den Flur entlang. Nicht einmal Gelegenheit zu antworten hatte er ihm gegeben. So sprang man nicht mit einem Dirk Strawatzki um!

Unmittelbar vor der Tür zum Konferenzzimmer blieb er stehen und versuchte sich zu beruhigen. Es war nicht gut, wenn die Kollegen sahen, wie sehr er sich über Rudloff aufregte.

Wolf sah trotzdem sofort die Wut in Strawatzkis Gesicht und konnte sich ein Schmunzeln nicht verkneifen. Gespannt beobachtete er, wie sich der Leiter der Kommission aufgebracht vor Rudloff aufbaute.

Rudloff dagegen war die Ruhe selbst. Gelassen und völlig entspannt schaute er Strawatzki entgegen. Dann tat er irgendetwas mit den Augen. Wolf konnte nur so etwas wie ein Aufblitzen erkennen, aber die Wirkung war verblüffend.

Als hätte man bei Dirk Strawatzki einen Stöpsel gezogen, sackte er regelrecht in sich zusammen. Mit hängenden Schultern und sichtlich irritiert stand er vor Rudloff und wusste plötzlich nicht mehr, was er sagen wollte. Rudloff tat so, als hätte er nichts von Strawatzkis Zustand gemerkt.

»Gut, dass Sie da sind, Herr Strawatzki«, begrüßte er ihn mit einer Stimme, in der nur ganz leise im Hintergrund ein Hauch von Ironie mitschwang. »Wenn Sie sich bitte setzen würden, könnten wir gleich anfangen«, fuhr Rudloff fort und degradierte den offiziellen Leiter der Mordkommission damit vollends.

Nachdem Strawatzki sich folgsam auf einen der Stühle gesetzt hatte, schaute Rudloff kurz in die Runde der versammelten Männer. Jetzt waren alle Mitglieder des Teams anwesend. Selbst der Psychologe war da, er hatte kurzerhand alle weiteren Termine abgesagt.

»Meine Herren, ich habe sie zusammengerufen, weil es sehr wichtige Neuigkeiten gibt, die ich Ihnen nicht vorenthalten möchte. Herr Krüger ist bei seinen Nachforschungen in den Archiven der Ermittlungsstelle Euskirchen auf einen Fall gestoßen, der möglicherweise mit unseren Morden in Zusammenhang steht. Herr Krüger, würden Sie bitte den Kollegen die Sachlage schildern?« Rudloff nickte Wolf kurz zu und setzte sich dann selber in die Reihe der Zuhörer.

Wolf holte tief Luft, sammelte all seine Konzentration und stand auf. Ruhig und scheinbar gefasst ging er nach vorne.

Jetzt galt es! Jetzt musste er den Plan umsetzen, den er gestern Nacht mit Marion ausgearbeitet hatte. Genau wie Rudloff vor ihm fixierte er die gespannten Gesichter der anwesenden Kollegen und des Psychologen. Nicht um ihre Aufmerksamkeit zu erregen, sondern um seine Angst zu besiegen.

»Ich kann natürlich nicht mit Gewissheit sagen, dass meine Vermutungen zutreffen, aber es spricht einiges dafür, dass hier Zusammenhänge bestehen zwischen einem ungeklärten Fall vor sieben Jahren und den Fällen, mit denen wir uns heute beschäftigen müssen«, eröffnete er.

Den folgenden Vortrag hatte er mit Marions Hilfe bis ins Detail durchgearbeitet. So wusste er genau, was und wie er reden sollte. Es hing einfach zu viel vom Gelingen ihres Plans ab.

»Damals meldete sich eine Gruppe von sieben Personen bei der Wache Euskirchen, um einen Unfall mit anschließender Fahrerflucht zu melden. Ein PKW hatte einen Fußgänger erfasst und überrollt. Der Unfall sollte nachts gegen halb drei passiert sein. Die Zeugen gaben an, das Geschehen von einer Fußgängerbrücke aus verfolgt zu haben. Sie waren dabei etwa fünfzig Meter vom Unfallort entfernt. Bei der vorherrschenden Dunkelheit hatten sie weder das Kennzeichen des PKW, noch einen der Beteiligten erkennen können. Natürlich wurden sofortige Ermittlungen eingeleitet, aber die ausgesandte Streife konnte weder Spuren eines Unfalls, noch einen der Beteiligten ausfindig machen. Der Vorfall wurde zu Protokoll gegeben, aber da in den nächsten Tagen weder in den umliegenden Krankenhäusern, noch sonst wo ein Verletzter eingeliefert wurde, stellte man die Ermittlungen bald darauf ein. Ausschlaggebend war dabei, dass die Beteiligten unter nicht unerheblichem Alkoholeinfluss standen. Sie hatten nach eigenen Angaben ein gemeinsam durchgestandenes Bewährungsjahr zusammen mit ihrem Bewährungshelfer begossen.«

»Entschuldigen Sie, Herr Wolf«, meldete sich Strawatzki mit sarkastischem Unterton zu Wort. Offensichtlich hatte er sich wieder von seiner Schlappe erholt. »Was hat ein Haufen Betrunkener mit unseren Morden zu tun? Ich meine, wir sind nicht hier, um uns langweilige Bagatellen anzuhören.«

»Wenn Sie mich bitte ausreden ließen, würde ich Ihnen das gerne erklären«, konterte Wolf nicht weniger sarkastisch. Der Idiot ging ihm langsam auf die Nerven. »Drei der damaligen Zeugen, es waren insgesamt sieben, waren Roger Wegmeier, Kees van der Hokk und Heinrich Zimmermann, letzterer den Euskirchenern besser bekannt als Stubbi Hein. Dieser war übrigens rein zufällig dabei, er hatte schon immer einen guten Riecher, wenn es um Freibier ging. Sicher, es könnte Zufall sein, dass die drei Opfer der Gruppe von vor sieben Jahren angehörten. Aber ich denke, dass wir jeder Spur nachgehen sollten. Möglicherweise stehen alle oder nur einzelne dieser Leute auch heute noch miteinander in Verbindung und sind, aus welchen Gründen auch immer, zur Zielscheibe unseres Mörders geworden.«

So! Damit war der Anfang gemacht. Marion hatte natürlich Recht, als sie sagte, dass sie ihr Wissen unmöglich für sich behalten könnten. Sie würden sich mitschuldig machen am Tod des nächsten Opfers, wenn sie nicht alles daran setzten, einen weiteren Mord zu verhindern. Daher hatten sie beschlossen, dass Wolf so unverfänglich wie möglich die Namen aller Zeugen von damals ins Spiel brachte. Die einfachste und beste Lösung war, dabei so nahe wie möglich an der Wahrheit zu bleiben. Er hatte bei seinen Ausführungen lediglich die Bahnleiche verschwiegen, die zwei Tage später aufgefunden wurde.

Strawatzki sagte kein Wort, was Wolf nicht weiter verwunderte. Klar, die Idee stammte nicht von ihm, also konnte sie nicht gut sein. Die anderen Kollegen waren da wesentlich interessierter. Gemeinsam beratschlagten sie, wie man dieser möglichen Spur nachgehen konnte. Sie mussten den bisherigen Werdegang der Zeugen ermitteln und dabei nach Gemeinsamkeiten und Verbindungen suchen. Sollte man die Beteiligten direkt befragen oder verdeckt ermitteln? Möglich, dass der Mörder aus ihrer Mitte kam. Außer Wolf wusste ja keiner etwas von dem Kollegen, der hier unliebsame Zeugen beseitigen wollte.

Schließlich wurden die anstehenden Aufgaben unter den Mitgliedern des Teams verteilt und die Sitzung war aufgehoben. Uwe Wolter, der Psychologe, hatte bereits die Klinke der Tür in der Hand, als Rudloffs Handy klingelte.

Der BKA-Mann nahm das Gespräch an, hörte eine Weile schweigend zu und sagte dann kurz: »Ist gut. Wir kommen sofort.« Er wandte sich an alle Anwesenden: »Meine Herren!«, rief er mit einer Stimme, der man die mühsam unterdrückte Erregung anhörte. »Wir haben das nächste Opfer.«

Rudloff wandte sich Wolf zu und seine Augen schienen sich förmlich in den Polizisten hineinzubohren: »Es ist die Nummer vier auf Ihrer Liste.«

Die Mumie

Wolf stand in dem düsteren Kellerraum und starrte auf die Leiche, die wie zur letzten Beschau aufgebahrt war. Er fühlte sich seltsam teilnahmslos, als wäre er dick in Watte eingepackt, während die Stimmen seiner Kollegen aus weiter Ferne in sein Bewusstsein drangen. Genauso fern und fremd, wie er sich im Moment selbst war.

Zu spät!, hatte er auf der Fahrt hierher immer wieder gedacht. Er kam zu spät, er war mitschuldig. Geduckt, mit eingezogenen Schultern horchte er in sich hinein, ob sich jetzt nicht sein Gewissen meldete, um ihn mit Schuldgefühlen zu überhäufen. Aber nichts dergleichen geschah. Da war nur dieses seltsam hohle Gefühl.

Schon bei den ersten Schritten, die sie auf die Kellertreppe des Wohngebäudes gesetzt hatten, war ein beißender, chemischer Geruch in ihre Nasen gestiegen. Unten waren sie in einen langen, schmalen Gang gelangt, der nur spärlich aus den Kellerfenstern der angrenzenden Räume beleuchtet wurde. Das einfallende Licht bildete ein Rautenmuster aus hellen Flecken und dunklen Schatten. Während sie weitergingen, wurde der Geruch stärker und aggressiver. Am Ende des Ganges befand sich ein größerer Raum, der wohl früher einmal die Waschküche das Hauses gewesen war.

Er verfügte noch über eine Tür. Sie war aus einfachen Latten grob zusammengezimmert und offensichtlich nachträglich eingebaut worden. Die Männer, die die Leiche gefunden hatten – ein Trupp Ingenieure und Techniker einer Baufirma, die das Gebäude abreißen sollte –, hatten die Tür mit einer Brechstange aus den Angeln gehoben. Auch ihnen war der unangenehme Geruch aufgefallen und sie wollten nachsehen, ob hier unbefugt Sondermüll entsorgt worden war.

Was sie dann tatsächlich vorgefunden hatten, war auch durchaus etwas Besonderes.

Rudloff hatte die Kollegen unterwegs vorgewarnt; sie wussten also, was sie erwartete. Trotzdem traf es Wolf wie ein Faustschlag in die Magengrube, als er sah, was der Täter aus der Frau gemacht hatte. Wilden, der Spezialist der Spurensicherung, bewegte sich vorsichtig an den Wänden des Kellerraumes entlang und schoss mit seiner Digitalkamera unermüdlich ein Foto nach dem anderen, dabei suchten seine geübten Augen jeden Winkel nach möglichen Spuren ab. Die anderen Männer des Teams standen im Türrahmen und warteten, bis er mit seinen ersten Untersuchungen fertig war und den Raum freigab. Benommen beantwortete Wolf in der Zwischenzeit Rudloffs unausgesprochene Frage. Ja, er kannte die Person.

Magdalena Peters, fünfundvierzig Jahre, unverheiratet, ohne Job und festen Wohnsitz, eine ihrer treuesten Kundinnen in der Sparte Kleinkriminalität und Diebstahldelikte. Meist konnte man sie in der Nähe des Bahnhofs antreffen, fast immer eine Dose Bier oder etwas Stärkeres in der Hand.

Und sie war eine der sieben Zeugen.

Magdalena Peters hatte schon zu Lebzeiten älter ausgesehen als sie war, aber nicht so alt wie nach der speziellen Behandlung, die man ihr hatte angedeihen lassen. Im Fernsehen und ein, zwei Male bei einem Besuch in der ägyptischen Abteilung eines Museums, hatte Wolf etwas Derartiges gesehen. Ihrer Haut war bis auf den letzten Tropfen sämtliche Flüssigkeit entzogen worden, sodass sie sich wie dünnes Papier über ihre Knochen spannte. Trotzdem waren ihre Gesichtszüge erstaunlich gut zu erkennen.

Es wirkte auf Wolf, als hätte man eine Kopie von ihr angefertigt, eine Mumienkopie. Sein Verstand wehrte sich hartnäckig dagegen zu akzeptieren, dass das hier die Magdalena Peters sein sollte, die er so oft verhört hatte. Die Lippen waren zu dünnen Strichen geschrumpft, die die fleckigen Zähne dahinter nicht mehr verbergen konnten. Ihre Haare waren ausgebleicht und spröde, die Augen eingefallen, zerknittert wie Stanniolpapier. Die Haut hatte eine graue Färbung angenommen und sah aus wie altes, verblichenes Leder. Quer über ihren Bauch verlief eine schwarze Naht. Sie war mit dünnen Fäden säuberlich vernäht worden. Wenn der Täter tatsächlich eine altägyptische Mumifizierung an ihr vollzogen hatte, musste er durch diese Öffnung ihre Innereien herausgenommen haben. Unwillkürlich suchte Wolfs Blick einen passenden Behälter. Magdalenas Leiche lag auf einem alten, wurmstichigen Eichentisch. Am Kopfende des Tisches stand eine hohe, bauchige Urne aus einfachem Ton, die mit einem runden Deckel verschlossen war. Wolf spürte, wie sich seine Haare aufrichteten. Um nichts auf der Welt wollte er da hineinschauen.

Endlich war Wilden fertig mit der Knipserei und erklärte ihnen, wo sie hintreten durften und wo er auf gar keinen Fall auch nur den geringsten Fußabdruck duldete. Beklommen und schweigend sahen sich die Ermittlungsbeamten um. Im hinteren Bereich, da wo vorher die Waschmaschinen gestanden hatten, war nachträglich eine große Badewanne installiert worden. Ein flexibles Kunststoffrohr führte von ihr zu einem Abfluss im Boden. Ein niedriger, fleckiger Tisch mit farbigen Behältern stand daneben. Einige enthielten eindeutige Warnungen auf den Beklebzetteln. Von ihnen kam wohl auch der beißende Geruch. Nach Rücksprache mit Wilden öffnete Rudloff die zwei vorhandenen Fenster, um frische Luft einzulassen.

Es dauerte noch eine ganze Weile, bis die Männer Besserung verspürten. Strawatzki rang verbissen mit einer klebrig aufsteigenden Übelkeit. Die Sache drohte immer mehr außer Kontrolle zu geraten. Er musste sich zusammenreißen, den Überblick behalten, sonst würden ihm Wolf und Rudloff immer weiter auf der Nase herumtrampeln.

»Also«, fragte er mit zitternder Stimme, »was haben wir hier?« Bevor sich jemand melden konnte, gab er selbst die Antwort. »Eine mumifizierte Leiche. Die Personalien sind bekannt. Kollege Wolf hat sie ja bereits identifiziert, außerdem haben wir einen Personalausweis.«

»Den der Täter gut sichtbar auf die Leiche gelegt hat«, fiel Werner Flöhring ein.

Was Strawatzki mit seiner Frage angestoßen hatte, war eine Methode, einen Tatort als Team zu erfassen. Jeder sagte, was ihm auffiel und welche Überlegungen ihm dazu einfielen.

Wilden ging den Raum Zentimeter für Zentimeter durch und suchte nach Fingerabdrücken, Haarresten, Stofffasern oder sonstigen Details, die der Täter übersehen haben könnte. Sein leises Fluchen zeigte seinen Kollegen, dass er dabei nicht sonderlich erfolgreich war. Der Raum war fast so steril wie ein Operationssaal. Nur unmittelbar vor dem Eingang war etwas Staub durch die Ritzen der Tür gerieselt.

»Die Prozedur des Einbalsamierens dauert mehrere Tage, wenn nicht gar Wochen«, stellte Rudloff fest und löste damit eine Welle der Erleichterung in Wolf aus. Magdalena war nicht das vierte, sondern höchstwahrscheinlich das erste Opfer der Mordserie, die sie aufzuklären versuchten. Das bedeutete, dass er ihren Tod gar nicht hatte verhindern können, ihn also keine Schuld traf.

»Wieso betreibt der Täter einen solchen Aufwand? Was will er damit beweisen?«, fragte Lothar Reims in die Runde.

»Konservieren, aufbewahren, der Nachwelt erhalten«, bemerkte Wolf flüsternd. »Wir sollten die Mumie finden.«

»Ich bin sicher, dass sie eine versteckte Botschaft für uns enthält«, sagte Rudloff. »Wolf, erinnern Sie sich noch an die Leiche in der Fabrik? Es war ein ganz bestimmtes Bild, nach dem die Teile ausgelegt waren, genau wie die Tätowierung beim nächsten Fall. Wir sollten nach einem Tatzenabdruck Ausschau halten.«

Wilden, der inzwischen dabei war, die Leiche genauer zu untersuchen, stieß plötzlich einen spitzen Schrei aus. »Die hat irgendetwas im Mund!«

Rudloff sah Strawatzki fragend an. Strawatzki war immer noch der offizielle Leiter der Kommission und damit lag es an ihm zu bestimmen, ob sie jetzt schon nachschauten oder auf den bestellten Arzt von der Gerichtsmedizin warteten. Der Beamte zog die Stirn kraus. Er hatte nicht übel Lust, diesen Rudloff ein wenig auf die Folter zu spannen, aber er war selbst neugierig zu erfahren, was Wilden da gefunden hatte. Außerdem war seine Wut und seine Scham über Rudloffs lautlose Zurechtweisung im Angesicht dieser so kaltblütig und grausam zugerichteten Leiche bedeutungslos geworden. Dabei war er immer noch nicht in der Lage, zu erklären, was da vorhin passiert war, was dieser Rudloff mit ihm angestellt hatte. Er wusste nur, dass dieser alles über ihn wusste. Seine Ränkezüge, seinen Hang zum Alkohol, jede noch so kleine Verfehlung. Es war unheimlich, deprimierend und demütigend, über welche suggestiven Fähigkeiten Rudloff verfügte. Der BKA-Mann hatte ihn vollkommen in der Hand!

Schließlich zuckte er mit der Schulter. »Meinetwegen, aber seien Sie vorsichtig.«

Wilden ging so behutsam vor wie möglich, trotzdem krachte es unangenehm, als er den Kiefer öffnete. Mit spitzen Fingern zog er etwas Dunkles, Flaches heraus.

Wolf zog zischend die Luft ein, als er erkannte, dass es die Form eines in Metall gegossenen Wolfstatzenabdrucks war.

Dem Toten etwas in den Mund zu legen, gehörte ebenfalls zur ägyptischen Bestattungszeremonie. Rudloff, der anscheinend alles wusste, klärte sie darüber auf. Aber es war mehr als nur ein Abdruck.

»Scheint so, dass wir gefunden haben, was wir suchten«, kommentierte Rudloff. Dabei merkte man sogar seiner Stimme eine ungeheure Anspannung an.

Wilden nahm ein Monookular aus seiner Tasche und untersuchte die Platte genauer. »Wenn mich nicht alles täuscht, hat Wolf Recht gehabt mit seiner Vermutung. Das sieht aus wie eine Platine. Da sind sogar Steckplätze für elektronische Bauteile ausgestanzt.«

Dann schien er plötzlich jedes Interesse für den Fund verloren zu haben. Er gab Platine und Vergrößerungsglas an Rudloff weiter und wandte sich den Behältern zu, die auf dem Tisch neben der Wanne standen. »Mal sehen, ob unser Kandidat nicht doch noch irgendetwas Persönliches hinterlassen hat«, murmelte er leise und suchte die Flaschen und Dosen Quadratzentimeter für Quadratzentimeter ab.

Rudloff gab die Platine gerade an Strawatzki weiter, als Wilden erneut aufschrie. »Ha! Jetzt habe ich dich!«

Unter seinen feinen Pinselstrichen kam ein deutlich zu erkennender Fingerabdruck an einer blauen Plastikflasche zum Vorschein. Zuerst wurde der Abdruck fotografiert, dann verstaute der Spurensicherungsexperte das Beweisstück vorsichtig, als bestünde es aus hochempfindlichem Sprengstoff, in einer Papiertüte. Dieser Tatort hier war wesentlich ergiebiger als die anderen drei, aber er brachte auch eine Unmenge neuer Fragen und Unsicherheiten.

Wolf, in seiner Vermutung bestätigt, dass das Erkennungszeichen des Täters, die Wolfstatze, einen elektronischen Bauplan beinhaltete, wurde beauftragt nachzuprüfen, ob es sich dabei um das Fantasieprodukt eines Irren oder um ein funktionierendes Bauteil handelte. Wolf kannte mit Hans Werners einen Doktoranden an der TH in Aachen. Er hatte ihn schon vor ein paar Tagen angerufen und ihm anschließend die Zeichnung, die er von der Wolfstatze gemacht hatte, zugefaxt. Hans Werners hatte für seine Doktorarbeit ein Programm entwickelt, mit dessen Hilfe der Rechner seines Instituts selbstständig Schaltpläne zu vorgegebenen Zwecken erstellen konnte. Das Programm war als Netzwerkprogramm konstruiert und lernfähig. Werners hielt es durchaus für möglich, dass sein Computer damit in der Lage war, den Schaltplan in der Wolfstatze zu entschlüsseln und nachzubauen.

»Ich kann mir zwar immer noch nicht vorstellen, was das bringen soll«, sagte Strawatzki schließlich, »aber man soll ja nichts unversucht lassen.«

Eine lapidar dahingesprochene Entscheidung, deren Tragweite keiner von ihnen absehen konnte. Für das Team stand eine andere, wesentlich dringendere Frage im Vordergrund. Es gab immer noch drei Überlebende aus der Gruppe, auf die Wolf bei seinen »Recherchen« gestoßen war. Jetzt drängte er darauf, dass etwas zu ihrer Sicherheit getan werden müsse. Außerdem wurde es Zeit, dass er den zweiten Teil seines Planes einleitete. Aber dafür musste er erst einmal Kontakt aufnehmen zu einem Mann, der früher einmal ein guter Freund und Kollege gewesen war. Wolf konnte es sich immer noch nicht vorstellen, aber möglicherweise hatte er sich zu einem der grausamsten, kaltblütigsten und gerissensten Mörder seit Jack the Ripper gewandelt.

Eine kleine Ergänzung des Planes, von der er Marion aus gutem Grund nichts erzählt hatte.

Die Bombe

Henri Mortensen jagte den schweren Militärjeep erbarmungslos über die schlammige Piste. Dabei registrierte er kaum etwas von dem Unwetter, das um ihn herum tobte. In kurzen Abständen wurde die Nacht von gleißenden Blitzen erhellt, deren vielgliedrige, gezackte Finger den wolkenverhangenen Himmel in Stücke zu reißen drohten. Gleichzeitig erfüllte ein unaufhörliches Donnern und Grollen die Luft.

Hätte Henri einen Blick darauf verwendet, wäre ihm vielleicht die verräterische Wolkenformation über ihm aufgefallen, die sich zu einem drohenden Wirbel verdichtete. Aber sein Kopf war voller Bilder. Bilder eines grellen Blitzes, der immer und immer wieder vor seinem geistigen Auge erschien.

Hunderttausende Menschen, gestorben in einem Augenblick und er war mitschuldig.

Nein, er war nicht Oppenheimer, den man den Vater der Bombe nannte. Er war auch nicht Albert Einstein, der den amerikanischen Präsidenten Roosevelt in einem eindringlichen Schreiben von der Notwendigkeit des Baus der Bombe überzeugt hatte. Er war nur ein unbedeutender Techniker, ein kleines Rädchen im Gefüge, zuständig für das Funktionieren der ersten Zündung, die die voneinander getrennten Mengen an Plutonium zu einer kritischen Masse vereinigen sollte.

Er wusste noch genau, wie geehrt er sich gefühlt hatte, als man ihn zu diesem geheimen und großartigen Projekt abberufen hatte. Die Deutschen hatten die Absicht, eine besondere Bombe mit ungeheurer Sprengkraft zu bauen, und niemand konnte ausschließen, dass sie so etwas schaffen würden. Ihre Raketen, mit denen sie London aus großer Entfernung in Angst und Schrecken versetzten, zeigten eindeutig, wie hoch ihr technischer Stand war. Die USA mussten dem vorgreifen und selbst die Bombe bauen, bevor die Deutschen mit ihrer Hilfe die ganze Welt unterwerfen konnten.

Selbst Albert Einstein, der begnadete Physiker, stand hinter diesem Vorhaben. Dann war da seine erste Begegnung mit Oppenheimer, einem Mann von einer beeindruckenden Ausstrahlung. Unter seiner unermüdlichen Leitung schafften sie schier Unmögliches.

Das Ende des Krieges in Europa schien auch das Ende für ihr Projekt zu bedeuten, die Bedrohung war vorüber. Aber die Japaner kämpften immer noch weiter und mussten mühsam und unter hohen Verlusten Insel für Insel zurückgetrieben werden. Der Präsident wollte das Sterben amerikanischer Soldaten so schnell wie möglich beenden, egal was es kosten würde. Er ordnete an, dass die Arbeiten am Bau der Atombombe zu Ende gebracht werden sollten.

Am 16. Juli 1945 sah die Menschheit den ersten Atompilz ihrer Geschichte. Henri erinnerte sich an sein Entsetzen beim Anblick der Explosion. Irgendetwas musste dann mit ihm passiert sein, denn seit diesem Tag quälten ihn tagsüber entsetzliche Kopfschmerzen und nachts schreckliche Albträume.

Eine Demonstration der Vernichtungskraft dieser Bombe irgendwo auf unbewohntem Gebiet sollte ausreichen, die japanischen Militärs zu einer sofortigen Kapitulation zu bewegen. Das war Henris Meinung und die der meisten seiner Kollegen, aber die Berater des amerikanischen Präsidenten überzeugten Roosevelt, dass der Welt, besonders dem kommunistischen Osten Europas, vorgeführt werden sollte, über welche Macht die USA verfügten.

Am 6. August, drei Wochen nach dem ersten Test, zerstörte die Bombe die japanische Stadt Hiroshima, wenige Tage später verbrannte Nagasaki im atomaren Feuer.

Henri hatte heute die Bilder gesehen. »Glauben Sie mir, wir werden keines natürlichen Todes sterben.« Das hatte einer der Beobachter des Atompilzes gesagt. Henri war überzeugt, dass Hiroshima und Nagasaki den Untergang der menschlichen Rasse, ja vielleicht allen Lebens auf der Erde angekündigt hatten.

Eine Folge besonders heller Blitze lenkte Henris Aufmerksamkeit nun doch nach draußen. Im Schein eines weiteren Blitzeinschlages sah er einen dunklen Wirbel in den Wolken über ihm, der gerade dabei war, sich zu einem Trichter zu formen, der dem Erdboden zustrebte.

Ein Tornado! Das hatte ihm gerade noch gefehlt. Er überlegte, ob er umkehren sollte, als ein stechender Schmerz seinen Kopf zu zerreißen drohte.

Schon beim Anblick der ersten atomaren Exposition in höchste Alarmbereitschaft versetzt, hatte Grahn die Nachricht, die ihn heute erreicht hatte, zu einem endgültigen Entschluss gebracht. Eine Lebensform, die keine Skrupel hatte, sich mit Hilfe solcher Waffen selbst auszurotten, stellte eine unmittelbare Gefahr für seine Auftraggeber dar und musste unverzüglich beseitigt werden.

Doch Grahn war nur Geist, ein Dämon, der lediglich einen einzigen Menschen besetzen konnte. Dennoch gab es eine Möglichkeit, die Menschen für ihre eigene Vernichtung einzuspannen.

Henri entschoss sich, zurückzukehren. Er bremste den Wagen ab und wollte gerade das Lenkrad einschlagen, als ein Blitz unmittelbar vor ihm in die kahlen Äste eines abgestorbenen Baumes einschlug. Der Einschlag selbst wurde ihm nicht gefährlich, aber in seinem Licht sah er den Tod in Form einer schwarzen, tosenden Walze, die mit rasender Geschwindigkeit auf ihn zuschoss. Der Techniker hatte nicht einmal die Zeit, erschrocken nach Luft zu schnappen, als der Wagen erfasst und Hunderte von Metern durch die Luft geschleudert wurde.

Sein Tod riss auch Grahn mit sich und gewährte der Menschheit einen letzten Aufschub.

Katz und Maus

Mit leisem »Flappflapp« fegte der Scheibenwischer den Wasserfilm auf der Windschutzscheibe von links nach rechts. Die Sicht auf die regennasse Fahrbahn wurde dabei immer nur für Sekundenbruchteile ganz frei, denn unermüdlich stürzten neue Regenmassen auf die eben frei gewischte Fläche. Trotzdem fuhr Wolf mit unverminderter Geschwindigkeit auf der Landstraße von Euskirchen nach Bad Münstereifel. Seine Augen sahen den Regen und die Fahrbahn, aber sein Gehirn registrierte das Beobachtete nur insofern, dass es die automatisierten Bewegungen des Fahrens überwachen und steuern konnte.

Wolf war mit seinen Gedanken ganz woanders. Im Geist ging er die vier Mordfälle durch, die zur Zeit nicht nur die eigens einberufene Mordkommission beschäftigten. Besonders der letzte Fund, die mumifizierte Leiche im Keller eines verlassenen Wohnblocks, hatte für einen riesigen Wirbel gesorgt. Seitdem wurde die Polizeiwache in Euskirchen von einem ganzen Tross von Rundfunk, Fernseh- und Zeitungsjournalisten belagert. Jetzt zeigte sich, dass Dirk Strawatzki doch noch für etwas zu gebrauchen war. Keiner – ausgenommen Wolfs Chef Drollbusch – hielt sein Gesicht so gerne vor Mikrophone und Fernsehkameras, wie der karrieregeile Strawatzki. Dadurch hatten die restlichen Mitglieder der Kommission Ruhe und Freiraum, sich um die Ermittlungsaufgaben zu kümmern.

Langsam füllten sich die Aktenordner mit den Ergebnissen der einzelnen Untersuchungen. Seit heute Morgen wusste Wolf, wo ein Teil der Chemikalien, die der Täter für die

Mumifizierung gebraucht hatte, gekauft worden war. Ausschlaggebend war dabei ein Tipp aus der Bevölkerung. Ein Apotheker aus Bad Münstereifel konnte sich daran erinnern, eines der Mittel vor etwa zwei Monaten verkauft zu haben. Es wurde nur sehr selten verwendet, war hochgiftig und musste extra bestellt werden.

Natürlich ist das Mittel bar bezahlt worden. So unbedarft war der Täter leider nicht.

»Aber es passt«, dachte Wolf grimmig, während er den Wagen abbremste, um vor der roten Ampel an der Kreuzung bei Stotzheim anzuhalten. Während er auf Grün wartete, ging er noch einmal alles durch.

Es war nicht allzu schwierig herauszufinden, wo Kai Thieme, sein ehemaliger Kollege, sich jetzt aufhielt. Er war immer noch Junggeselle und hatte sich nach einer jahrelangen Odyssee als Security-Berater und Privatdetektiv in Bad Münstereifel niedergelassen. Wolf konnte sich noch gut an ihre stundenlangen Diskussionen erinnern. Immer wieder hatte er auf Kai eingeredet, um ihn davon abzuhalten, seinen Dienst zu quittieren, aber Kai wurde von quälenden Gewissensbissen geplagt. Er hatte einen Menschen getötet, Fahrerflucht begangen, eine Straftat vertuscht, da gehörte das Fahren unter erheblichem Alkoholeinfluss noch zu den kleineren Delikten. Und das bei ihm, dem korrekten, ehrgeizigen Polizisten!

Wolf hatte seine Familie und eine Frau, die ihm den Rücken stärkte. Außerdem hatte er damals nicht am Steuer gesessen. Die Vertuschung ihrer Tat war für ihn reine Notwehr gewesen. Er hatte seine Familie zu schützen, die für ihn über allem anderen stand. Kai hatte niemanden, er war allein, besonders nachts, wenn die Albträume kamen. Er hatte noch ein halbes Jahr gewartet, bis er die Kündigung einreichte, und war dann irgendwo im Ausland untergetaucht. Wolf hatte seitdem nichts mehr von ihm gehört. Dass Kai jetzt wieder zurückgekehrt war und sogar ganz in der Nähe wohnte, wäre sehr überraschend gewesen, wenn da nicht die Morde wären.

Unbewusst schüttelte Wolf den Kopf. Er konnte es sich einfach nicht vorstellen, dass Kai hinter diesen grausigen Verbrechen stand. Der Mann war trotz seines selbstbewussten Auftretens sensibel wie ein Kind. Vielleicht gab es da noch jemanden, einen Dritten, der ebenfalls etwas mit den Opfern zu tun hatte.

Heute wollte Wolf versuchen, Licht ins Dunkel zu bringen. Da kam ihm der Apotheker genau recht. Wolf hatte seinen Anruf entgegengenommen und es so eingerichtet, dass er allein nach Bad Münstereifel fahren konnte, um dessen Aussage aufzunehmen. Rudloff, der Einzige, der seine kleine Manipulation hätte bemerken können, war zum Glück anderweitig unterwegs. Wolf hatte sich kurz vor der Abfahrt ein Foto von Kai besorgt. Sollte der Apotheker ihn darauf wiedererkennen, hatte er wenigstens Klarheit für sein anschließendes Gespräch mit dem ehemaligen Kollegen.

Die Ampel sprang auf Grün und Wolf jagte mit durchdrehenden Reifen los. Er wollte diese Sache jetzt so schnell wie möglich hinter sich bringen. Dabei wurde ihm unangenehm bewusst, dass er nicht wusste, was er unternehmen sollte, wenn sich herausstellte, dass Kai tatsächlich der gesuchte Mörder war.

Die Apotheke befand sich zwischen Bahnhof und Stadtmauer auf der rechten Seite der Straße. Wolf hielt nach einem geeigneten Parkplatz Ausschau, als ein silberfarbener Golf in sein Blickfeld geriet. Der Wagen hatte ein Bonner Kennzeichen und gehörte, wie Wolf mit ungutem Gefühl feststellte, zu Rudloff.

»Verdammt!«, fluchte er ungehalten. »Woher weiß der Kerl Bescheid?« Das Auftauchen des BKA-Mannes brachte sein Vorhaben völlig durcheinander.

Fünf Minuten später stand Wolf am Eingang der Apotheke und schaute sich nach Rudloff um, konnte ihn aber nirgends entdecken. Wie ihm die Apothekenhelferin mitteilte, war er dort bislang noch nicht aufgetaucht. Wolf überlegte, ob er die Gelegenheit nutzen sollte, den Besitzer der Apotheke, der die Meldung gemacht hatte, zu befragen, aber der war gerade unterwegs und würde erst in einer halben Stunde zurückkommen. Wolf fluchte innerlich, dass er sich nicht vorher mit dem Mann auf einen Termin geeinigt hatte.

Er hatte das unbestimmte Gefühl, dass Rudloff nicht nur wegen der Apotheke hier war, und hatte keine Ruhe auf den Apotheker zu warten. Der Gedanke, dass der BKA Mann ihm womöglich zuvorgekommen war und in diesem Moment Kai verhörte, trieb ihn im Laufschritt durch das Städtchen. Wenn Rudloff erfuhr, welche Rolle Wolf Krüger im Hintergrund der Mordfälle spielte, war alles aus.

Unterwegs hielt er unentwegt Ausschau nach dem BKA-Beamten. Nach einem kurzen Fußweg parallel zur Erft bog er an der nächsten Kreuzung nach rechts ab. Ein paar Nebenstraßen weiter gelangte er zu einem teuer aussehenden Wohnblock.

Kai scheint ja nicht schlecht zu verdienen, dachte Wolf nicht ohne Neid und trat näher heran. Er suchte gerade die Klingeln nach Kais Namen ab, als die Eingangstür plötzlich von innen geöffnet wurde und er sich unversehens Rudloff gegenübersah, der einen niedergeschlagenen Kai Thieme im Schlepp hatte.

Kai hielt seinen Kopf unter den Wasserhahn und ließ das eiskalte Nass minutenlang darüber laufen. Erst als er es nicht mehr aushielt, richtete er sich prustend auf und betrachtete grimmig sein Gesicht im Spiegel. »Sieht so ein Mörder aus?«

Zwei klare, blaue Augen sahen ihn an, auf den ersten Blick wirkten sie entschlossen und kalt, trotzdem konnten sie einen leicht melancholischen Ausdruck nicht ganz verbergen. Kais Haare, von Natur aus pechschwarz, waren grellblond gefärbt und zu einem kurzen Bürstenschnitt geschoren. Das gab ihm etwas Militärisches, was durchaus gewollt war. Ansonsten hatte sein stets frisch rasiertes Gesicht eher weiche Züge. Sein Körper, von regelmäßigen harten Trainingseinheiten gestählt, war athletisch.

Wie stets hielt er seinem eigenen Blick nicht lange stand und senkte den Kopf. Am liebsten wäre er mit dem Schädel gegen die Wand gelaufen. Mit voller Wucht und immer wieder, um diesem Wahnsinn endlich ein Ende zu machen. Das Gesicht da im Spiegel, die blauen Augen, die so unschuldig taten. Das war der Mörder, musste es sein. Anders waren die Vorfälle der letzten Tage nicht zu erklären.

Vor einer Woche noch hatte er gedacht, das Opfer einer perfiden Intrige zu sein. Aber dann kamen die Albträume. Grausame, verwirrende Bilder voller Gewalt und Blut. Was ihm sein Verstand vorenthielt, zeigten ihm seine Traumbilder umso deutlicher. Sieben Jahre lang war er vor sich selbst davongelaufen, hatte die dunkle Seite seiner Seele verdrängt, die sich ihm damals, als er einen unschuldigen Menschen im Suff überfahren hatte, zu erkennen gab. Er hatte die ganze Welt seitdem bereist, ruhelos, immer auf dem Sprung, war nirgendwo länger als ein paar Monate geblieben und hatte jeden näheren Kontakt zu anderen Menschen gemieden. Beruflich war er trotzdem sehr erfolgreich und wurde bald zu einem angesehenen Berater in Sachen Sicherheit.

Jetzt war er wieder hierher zurückgekehrt, zum Ursprung seiner Odyssee. Die Flucht hatte ihm nicht die erhoffte Ruhe gebracht. Er konnte weder vergessen, noch sich selbst verzeihen.

Dann, vor zwei Monaten, kam der Auftrag aus Euskirchen. Ein Geschäftsmann, der sich mit Schutzgelderpressung herumplagte. Die örtliche Polizei schien seiner Meinung nach nicht in der Lage zu sein, ihn wirksam zu schützen. Im Gegenteil, er vermutete sogar, dass die Verbrecher einen Mittelsmann in den Reihen der Polizei hätten, der sie vor Zugriffen schützte.

Zuerst hatte er gezögert. Zum einen kannte er aus eigener Erfahrung die Überempfindlichkeit und blühende Fantasie mancher Mitbürger nur allzu gut, zum anderen ... Ausgerechnet er sollte gegen die Polizei ermitteln?

Schließlich hatte er doch angenommen. Seine ersten Nachforschungen hatten ergeben, dass sein Klient möglicherweise Recht hatte mit seinen Vermutungen. Die Kripo Euskirchen hatte in den letzten Monaten einiges an Ungereimtheiten zu verantworten.

Außerdem war es vielleicht wirklich an der Zeit, sich seiner Vergangenheit zu stellen. Er hatte sich eine Wohnung in Bad Münstereifel genommen und versucht, sich so gut es ging wieder in der Eifel einzuleben. Der Schock und die Bilder des schrecklichen Unfalles hatten nicht lange auf sich warten lassen. Überdeutlich hatten sich die einzelnen Szenen seiner Verfehlungen vor seinem inneren Auge abgespielt. Genauso wie die Vertuschung der Tat, als sie den Toten auf das Bahngleis setzten. Es war eine Schinderei gewesen und eigentlich sträflich dilettantisch, was sie da getan hatten.

Jeder halbwegs aufmerksame Kripobeamte hätte etwas merken müssen. Aber – »rein zufällig« – waren die ermittelnden Beamten in Sachen »Bahnleiche« Kai Thieme und Wolf Krüger gewesen. Und die hatten eindeutig Suizid als Todesursache festgestellt. Der Tote war zu Lebzeiten als Obdachloser stadtbekannt gewesen und hatte den Ruf, nicht ganz richtig im Kopf zu sein, außerdem hatte er keine Angehörigen gehabt. Daher hatte niemand dumme Fragen gestellt.

Damit wäre der Fall erledigt gewesen, hätte es nicht Zeugen gegeben. Die zu beruhigen und weitere Ermittlungen seitens der Kollegen zu unterbinden, war schon schwieriger gewesen. Schließlich war es ihnen aber doch gelungen und eigentlich hätte ab da Ruhe eintreten können.

Dem war aber nicht so. Zumindest nicht für ihn. Er bekam die Bilder nicht aus seinem Kopf. Immer und immer wieder hatte er das Gesicht des Mannes gesehen, wie es von dem Scheinwerfer seines Wagens fahlweiß aus der Dunkelheit gestanzt wurde. Hatte die schreckensweiten Augen, den zum Schrei geöffneten Mund, die zum Schutz hochgerissenen, weiß leuchtenden Hände gesehen. Hatte gesehen, wie er in Sekundenbruchteilen unter der Kühlerhaube des bulligen Landrovers verschwunden war, hatte das Rumpeln des Wagens gespürt, als er über das »Hindernis« gefahren war.

Das war von allem das Grässlichste! Diese Erschütterung zu spüren und zu wissen, dass es ein Mensch war, den er gerade überrollte.

Und dieses grauenerregende, bösartige Lachen, tief in seinem Inneren. Die Stimme, die sich aus einem morastigen Sumpf am Grunde seiner Seele erhob und verlangte, dass er noch einmal darüberfuhr. Kai hatte anfangs gar nicht registriert, was da in ihm vorging. Er hatte unter Schock gestanden und war völlig orientierungslos herumgelaufen, am liebsten wäre er einfach davongerast. Wolf hatte dann die Sache in die Hand genommen, und seine Frau hatte die rettende Idee gehabt, den Toten als Bahnleiche zu tarnen. Die beiden hatten viel mehr zu verlieren als er und waren fest entschlossen, sich ihr Leben von diesem Unfall nicht ruinieren zu lassen.

Kai mochte Marion, Wolfs Frau, sehr, aber nachdem sie erledigt hatten, was erledigt werden musste, hatte er ihr nicht mehr in die Augen sehen können. Er hatte sie da mit hineingezogen, sich auch an ihr schuldig gemacht.

Das war auch ein Grund, auf Abstand zu gehen.

Die Jahre hatten ihm ein gewisses Maß an Ruhe gebracht, aber die Stimme war nie ganz verstummt. Trotzdem hatte er geglaubt, stark genug zu sein, sich jetzt seiner Schuld und der dunklen Seite seiner Seele stellen zu können. Welch ein fataler Irrtum!

Zu Anfang war alles noch wie erwartet gelaufen. Es war schlimm, aber auszuhalten. Doch dann musste irgendetwas furchtbar schief gelaufen sein. Er musste die Kontrolle über sich verloren haben. Wenigstens zeitweise. Und das Böse in ihm hatte schreckliche Dinge getan, hatte Menschen auf eine Art und Weise ermordet, die alles überbot, was es in dieser Gegend bisher gegeben hatte.

So musste es sein! Auch wenn sich alles in ihm dagegen wehrte – zu viel deutete darauf hin, dass er der »Schlächter von Euskirchen« war. Das war ihm nach der letzten Nacht unmissverständlich klar geworden.

Da hatte er nicht nur von einem der vier Morde geträumt, die in der letzten Zeit die Bevölkerung in Atem hielten und den Medien reichlich Futter gaben. Er hatte miterlebt, wie er Magdalena Peters Körper in eine Mumie verwandelt hatte. Schritt für Schritt, mit allen Einzelheiten. Selbst jetzt war er noch in der Lage, die komplizierten Eingriffe und die verwendeten Chemikalien genauestens zu beschreiben. Es gab einfach keine andere Erklärung, schließlich waren da auch seine blutverschmierten Sachen und der Schutzanzug. Er war krank, furchtbar krank. Ein Psychopath mit einem kalten, grausamen zweiten Ich.

Nachdem Kai sich abgetrocknet hatte, stand sein Entschluss fest.

Heute noch würde er sich der Polizei stellen und dem Morden ein Ende bereiten.

Als hätte er damit ein geheimes Signal ausgesendet, klingelte es plötzlich an der Wohnungstür. Überrascht, denn er erwartete keinen Besuch, öffnete Kai und sah sich einem drahtigen, hoch gewachsenen Mann mit dunklem, kurz geschnittenem Haar gegenüber, dessen Augen ihn geradezu aufzusaugen schienen. Er stellte sich als Jürgen Rudloff vor, ein Ermittlungsbeamter des BKA, der zur Zeit bei der Sonderkommission zur Ermittlung der Aufsehen erregenden Morde im Euskirchener Raum tätig war.

Es war sein Blick, das Gefühl, einem Menschen gegenüberzustehen, dem selbst die ungeheuerlichsten Dinge nicht fremd waren, der bei Kai den letzten Widerstand zum Einsturz brachte.

Er erzählte ihm alles, fast alles, Wolfs Beteiligung an dem Unfall vor sieben Jahren ließ er bewusst aus.

»Ich kenne Ihren Job, schließlich war ich selbst mal Polizist«, schloss Kai sein Geständnis. »Angesichts der Fakten gibt es für mich nur einen Schluss: Ich bin der Mörder, den Sie suchen.«

In Rudloffs Augen las Kai mehr Zweifel als Zustimmung, aber er hatte keine Zeit, darüber nachzudenken, denn der Ermittlungsbeamte stellte jetzt seine Fragen. Eine ganze

Menge Fragen – und seltsame Fragen, deren Sinn er nicht so recht verstand. Trotzdem gab er sich Mühe, sie so gut wie möglich zu beantworten.

»Sie werden mich sicher direkt mit zur Wache nehmen wollen«, stellte Kai fest, als Rudloff endlich genug hatte.

»Nun ja«, antwortete dieser, »nachdem Sie mir ein solches Geständnis abgelegt haben, kann ich Sie wohl kaum hier lassen.« Kai hielt ihm die Handgelenke entgegen, aber Rudloff winkte ab. »Das lassen wir lieber, ich möchte kein Aufsehen erregen. Folgen Sie mir einfach bis zu meinem Wagen.«

Kai hatte plötzlich das Gefühl, der Wirklichkeit enthoben zu sein. Wie in Trance packte er schnell das Nötigste zusammen und folgte dem Beamten durch das Treppenhaus bis zur Eingangstür. Als Rudloff die Türe öffnete, erlebte er eine Überraschung.

* * *

Als Rudloff Wolfs verdutztes Gesicht sah, schossen mehrere Gedanken gleichzeitig durch seinen Kopf. Es dauerte vielleicht ein oder zwei Sekunden, bis es fast spürbar Klick machte und ihm einige Dinge, die bisher mehr als undurchsichtige Nebel im Hintergrund brodelten, klar wurden.

Eine dieser Erkenntnisse war, dass Kai Thieme, der ihm beinahe in den Rücken gelaufen wäre, als er so abrupt stehen blieb, nicht die ganze Wahrheit gesagt hatte, zumindest nicht in dem Teil seines Geständnisses, der den tödlichen Unfall mit anschließender Fahrerflucht und Tatverdunklung betraf.

Schon als Wolf vor ein paar Tagen mit seiner Theorie über die Zusammenhänge der Morde mit den Zeugenaussagen vor sieben Jahren herausrückte, war er hellhörig geworden. Der Vorfall war zu lange her und eigentlich viel zu unauffällig, als dass man sich so ohne weiteres daran erinnern konnte. Er war schnell dahinter gekommen, dass ihn sein Gefühl nicht getäuscht hatte.

Wolf selbst war einer der aufnehmenden Ermittlungsbeamten und offensichtlich maßgeblich daran beteiligt gewesen, dass der Fall ohne weitere Ermittlungen zu den Akten gelegt wurde.

Auf der Suche nach weiteren Anhaltspunkten war Rudloff auf noch einen Unfall einen Tag später gestoßen. Dann fiel ihm auf, wer hier ermittelt hatte. Was wäre wenn? Eine Frage führte zur nächsten und am Schluss hatte Rudloff einen Namen und eine Adresse.

Dass Kai Thieme sofort umkippte und sang wie ein Vögelchen an einem Frühjahrsmorgen, hatte er natürlich nicht erwartet. Offiziell könnte der Fall hiermit abgeschlossen sein. Kai Thieme hatte ihm den Schutzanzug und die blutverschmierten Sachen gezeigt. Wenn die Analyse eine Übereinstimmung der Blutgruppen und der DNA mit dem Blut der Opfer ergab, hatten sie wohl ihren Mörder. Trotzdem war Rudloff hin und her gerissen. Nicht nur, dass das viel zu glatt ablief, es standen einfach noch zu viele ungeklärte Fragen im Raum.

Und gerade eben war eine weitere Frage hinzugekommen: Was für eine Rolle spielte Wolf bei der Sache? Sein Auftauchen hier war für Rudloff ein weiteres Indiz, dass der Kripobeamte sein eigenes Spiel trieb.

Nach außen hin ließ sich Rudloff nichts von seinen Gedankengängen anmerken. Er nickte Wolf knapp zu, als hätte er ihn erwartet und schob ihm seinen »Gefangenen« entgegen. »Gut, dass Sie da sind, Herr Krüger, ich habe hier jemanden, der behauptet, unsere Morde begangen zu haben. Jemanden, den Sie, glaube ich, ziemlich gut kennen.«

Aus den Augenwinkeln beobachtete er aufmerksam Wolfs Reaktion auf seine beiläufig ausgesprochene Feststellung. Was er dabei in Wolfs Miene las, entsprach genau dem, was er erwartet hatte. Verwirrung, Schuldgefühle, Scham und Angst. Rudloff kannte diese Palette menschlicher Gefühlsregungen nur allzu gut.

Wolf schüttelte nur ungläubig den Kopf. »Ich kenne Kai Thieme sehr gut und kann mir ehrlich gesagt nicht vorstellen ... Wieso sind Sie eigentlich hier?«

»Nicht jetzt und nicht hier«, wischte Rudloff Wolfs Einwand beiseite und schob sich an ihm vorbei. Kai versuchte, Wolf irgendwie klarzumachen, dass er ihn nicht verraten habe, merkte aber bald, dass das nicht möglich war, zuckte die Schulter und folgte Rudloff. Auf dem Weg zum Wagen erzählte Wolf Rudloff von dem Apotheker und der seltenen Chemikalie, die bei ihm gekauft worden war.

»Eine gute Gelegenheit für eine Gegenüberstellung«, kommentierte Rudloff. »Herr Thieme ist zwar geständig, sich seiner Sache aber nicht ganz sicher. Wenn der Apotheker ihn erkennt, bringt uns das ein Stück weiter.«

Kai war es nur recht. Er wollte das alles nur so schnell wie möglich hinter sich bringen.

Der Apotheker, ein schmaler Mann Anfang fünfzig mit schütterem Haar, traf wenige Minuten nach ihnen ein. Während er auf sie zuging, setzte er sich seine Brille auf und schaute die drei Herren, die ihn sprechen wollten, mit wachen, neugierigen Augen an. Rudloff übernahm wie selbstverständlich die Gesprächsführung.

Das Ergebnis war nicht das, was sie erwartet hatten. Nein, den Herrn würde er zwar kennen, als Kunden, der hin und wieder bei ihm einkaufe, aber in Zusammenhang mit dem fraglichen Mittel könne er ihn nicht identifizieren. Am Ende runzelte er die Stirn und sah Wolf mit einem eigentümlich konzentrierten Blick an. »Es ist schon eine Weile her und der Mann hatte ein Allerweltsgesicht, aber der hier ist es ganz bestimmt nicht«, stellte er schließlich fest. Er öffnete den Mund, als ob er noch etwas sagen wollte, überlegte es sich aber offensichtlich anders und zuckte mit den Schultern. »Meine Herren, es tut mir Leid, aber mehr kann ich dazu leider nicht sagen.«

Rudloff nickte kurz, dankte ihm und wandte sich ab. Kai folgte ihm mit resigniertem Gesichtsausdruck und der Haltung eines geprügelten Hundes.

Wolf blieb noch eine kurze Zeit stehen und horchte der eigentümlichen Regung nach, die sich bei dem Blick des Apothekers in ihm gemeldet hatte.

Da war irgendetwas. Etwas Wichtiges. Aber es wollte ihm partout nicht einfallen. Schließlich seufzte er kurz auf und folgte seinem Kollegen und ihrem »Geständigen«.

Der Gesandte

Nichts wissen sie. Gar nichts! Und sie werden es niemals erfahren. Während sie herumirren wie aufgescheuchte Hühner und den falschen Fährten folgen, die ich ihnen gelegt habe, kann ich mich unbemerkt und vollkommen frei unter ihnen bewegen.«

Gedankenverloren zeichnete er mit einem spitzen Bleistift die Umrisse einer Wolfstatze auf ein Stück Papier und hing seinen Erinnerungen nach. Beim ersten Mal war er noch schockiert gewesen. Das viele Blut hatte ihn abgeschreckt. Aber er hatte schnell gelernt. Die Macht, die ihm das Wesen in seinem Kopf, das sich Grahn nannte, in die Hände gelegt hatte, machte ihn zu etwas Besonderem, hob ihn heraus aus der grauen, monotonen Masse. Grahn war der Gesandte einer fremden Welt und der Überbringer der »Offenbarung«. Einer bedeutenden Botschaft, die einen würdigen Rahmen brauchte. Niemand durfte das, was der Gesandte den Menschen als Geschenk überreichen wollte, übersehen. Dafür mussten Opfer gebracht werden. Menschenopfer, denn sie stellten das höchste Gut dar, das die Menschheit als Dank für die Offenbarung zu geben hatte.

Das jedenfalls hatte ihm dieses Wesen erklärt. So richtig verstand er es nicht, aber das machte auch nichts. Die Hauptsache für ihn war, dass er selbst nicht geopfert wurde. Eine erfreuliche Nebensache war, dass er die Opfer aussuchen durfte. Er hatte lange nachgedacht, bevor er sich entschieden hatte. Es war eine gute Entscheidung gewesen.

Sein Beruf war dabei durchaus hilfreich, er kannte sie alle und konnte in Ruhe auswählen. Abschaum waren sie, gescheiterte Existenzen, die der Gesellschaft nur zur Last fielen. Niemand würde ihnen eine Träne nachweinen.

Aber das war nicht der einzige Aspekt.

Ein bösartiges Kichern drang aus seinem Mund, als er über die Verwirrung nachdachte, die gerade die besondere Auswahl der Opfer bei Wolf Krüger und Kai Thieme hervorrief. Und mit Hilfe des Gesandten hatte er dafür gesorgt, dass diese beiden ihre eigenen, speziellen Überraschungen erlebt hatten. Die Geschichte mit dem Dolch und den Baustrahlern war noch relativ einfach. Das, was sie mit Kai Thieme angestellt hatten, war da viel aufwendiger und ohne die speziellen Begabungen des Gesandten gar nicht zu schaffen gewesen.

Aber es hatte sich gelohnt. Mittlerweile war Kai soweit, dass er selber glaubte, der Mörder zu sein. Und auch Wolf musste ziemlich durcheinander sein. Das war auch gut so, dadurch wurde sein Kollege vollends von seinen geheimen privaten Ermittlungen gegen korrupte Polizisten abgelenkt.

Natürlich hatte er gemerkt, dass Wolf Lunte gerochen hatte und dabei war, ihn als den Informanten des Milieus aufzuspüren. Dabei hatte er immer noch keine Ahnung, worum es hier wirklich ging. Von wegen Informant, er war weit mehr als das. Aber Wolf würde nie etwas davon erfahren.

Siegesgewiss zog Maximilian die Luft ein. Wenn er fertig wäre, würde es niemanden mehr geben, der ihm gefährlich werden könnte.

Der Gesandte bestand darauf, seine »Offenbarung« vollständig zu übergeben, und er musste dafür sorgen, dass das Gerät, das zu ihr gehörte, gebaut wurde.

Letzteres war mittlerweile in guten Händen. Der Wissenschaftler, dem Wolf den Schaltplan und die Platine übergeben hatte, war nach Auskunft des Gesandten so weit vorangekommen, dass er nur die noch fehlenden Teile auftauchen lassen musste. Dafür waren natürlich weitere Opfer vonnöten. Kein wirkliches Problem, denn es standen noch drei Namen auf seiner Liste. Und die Polizei ging nach dem Geständnis von Kai Thieme davon aus, dass der Fall abgeschlossen war. Nun, wenn sie bemerkten, dass sie sich geirrt hatten, würde es für zwei Menschen leider zu spät sein.

»Für drei«, verbesserte er sich, denn es gab noch eine weitere Liste, auf der zwei Namen standen. Einer von ihnen war mit einem dicken Rotstift durchgestrichen worden, seinen Tod hatte er schon eingeleitet, den Rest würde der Gesandte besorgen.

Düstere Gedanken krochen in ihm hoch, während er aufstand und sich anzog. Sie hatten ihn unterschätzt, schon immer. Aber das würde sich jetzt rächen. Nicht umsonst hatte der Gesandte ausgerechnet ihn ausgewählt.

Bevor er die Tür schloss, schaute er sich in seinem Büro um. Mit sicherem Blick vergewisserte er sich, dass er keine verräterischen Spuren hinterlassen hatte, dann machte er sich mit schnellen Schritten auf den Weg. Jetzt war einiges zu erledigen und er hatte nicht allzu viel Zeit.

Der Wissenschaftler

Nachdenklich betrachtete Hans Werners die Kopie der Platine, die Wolf ihm hatte zukommen lassen. Er selbst hatte sie genauestens mit dem Original verglichen, um sicher sein zu können, dass auch nicht das kleinste Detail vergessen worden war. Ohne dass er hätte sagen können, wieso, hatte ihn der Eifer gepackt. Ihm war auf eine eigenwillige Art klar, dass der Schaltplan und die zugehörige Platine keine verrückte Spinnerei eines durchgebrannten Irren, sondern das Werk eines genialen, wenn auch leider kranken Geistes waren.

Je mehr er sich damit beschäftigte, umso zuversichtlicher wurde er, den Sinn der Konstruktion verstehen zu können. Es musste so etwas wie eine Steuerung sein. Sein Programm hatte bereits eine Funkeinheit entschlüsselt, die auf einer ungewöhnlichen Frequenz im niederen Wellenbereich arbeitete. Leider war er jetzt an einem Punkt angelangt, an dem es ohne neue Informationen nicht mehr weiterging.

Ein leerer Steckplatz mit fünf großen Löchern im Zentrum der Platine fiel ihm ins Auge. Seltsam, dachte er, bisher hatte ich immer gedacht, es wären fünf einzelne Steckplätze.

Wieder einer dieser seltsamen Eingebungen. Verwundert schüttelte er den Kopf. Jedes Mal, wenn er nicht mehr weiter wusste, kamen ihm solche Ideen. Jetzt sah er die ganze Anordnung plötzlich in einem anderen Licht. Es war nicht nur eine einfache Steuerungseinheit. Das Gerät musste über so etwas wie einen programmierbaren Chip verfügen. Im Geist überflog er die Möglichkeiten, die sich durch die Veränderung ergaben. Dabei wurde ihm zweierlei klar: Zum einen war das hier nur ein Teil einer möglicherweise viel umfangreicheren Apparatur, zum anderen fehlte ihm neben dem Chip mindestens ein weiteres Bauteil. Nach der Logik der Morde würde das mindestens noch zwei weitere Opfer bedeuten.

Hans zog nachdenklich die Stirn kraus. Wolf hatte ihn am Morgen angerufen und berichtet, dass sie den Täter wahrscheinlich geschnappt hätten. Schön, wenn's so wäre, aber das, was Wolf über den Mann, einen ehemaligen Polizisten, zu berichten wusste, passte einfach nicht zu dem, was Hans gerade in den Händen hielt.

Plötzlich wurde ihm klar, dass es an ihm lag, den Tod weiterer Menschen zu verhindern. Während sein Herz um einiges schneller schlug und dicke Schweißperlen auf seiner Stirn erschienen, griff er hastig zum Telefon und wählte Wolfs Handynummer.

»Hallo.«

Trotz der Verzerrung des Handys erkannte Hans sofort, dass das nicht Wolfs Stimme war.

»Hallo« sagte er. »Wer ist da bitte? Ich wollte Herrn Krüger sprechen.«

»Wer sind Sie?«, fragte die Stimme aus dem Hörer zurück. Es war eine feste Stimme, der man anhörte, dass sie es gewohnt war, Anweisungen zu erteilen.

»Ich bin Doktor Hans Werners, Mitarbeiter an der TU in Aachen«, gab Hans zur Antwort. »Kann ich jetzt bitte Herrn Krüger sprechen, es ist wichtig.«

»Es tut mir Leid«, hörte er als Antwort. »Herr Krüger kann im Moment leider nicht mit Ihnen sprechen. Sind Sie nicht der Wissenschaftler, der die Platine und die Schaltpläne aus den Mordfällen untersuchen sollte?«

»Ja, genau der!« Hans konnte den Ärger in seiner Stimme nicht verbergen, wollte es auch nicht. Was war da in Eus-

kirchen los? Warum konnte er Wolf Krüger nicht sprechen?
»Ich muss Herrn Krüger sprechen und zwar dringend!«, beharrte er auf seinem Vorhaben.

»Entschuldigen Sie, mein Name ist Jürgen Rudloff, Kriminaloberrat beim BKA, ich arbeite in der Sonderkommission, die die Mordfälle aufklären sollte. Wenn Sie irgendwelche Informationen dazu haben, müssen Sie schon mit mir vorlieb nehmen. Herr Krüger ist zur Zeit unabkömmlich.«

Hans überlegte kurz. Wolf hatte ihm von diesem Rudloff erzählt. Er hatte großen Respekt vor dem Beamten, schien sich aber irgendwie auch vor ihm zu fürchten. Das hatte er natürlich nie offen gesagt, aber Hans hatte ein gutes Gespür für zwischenmenschliche Interaktionen. Trotzdem hielt Wolf den Mann für vertrauenswürdig.

Daher berichtete er Rudloff von seinen Befürchtungen. Dieser schien nicht sonderlich überrascht zu sein. Nachdem er schweigend zugehört hatte, bedankte er sich knapp und legte auf.

Hans hatte das Gefühl, mitten im Satz abgeschnitten worden zu sein. Er wollte noch fragen, was denn mit Wolf los sei, aber dieser Rudloff ließ ihn gar nicht dazu kommen. Seufzend wandte er sich seinem PC zu. Er musste die Parameter des Programms, das die Schaltung analysierte, noch an seine neuesten Erkenntnisse anpassen. Mal sehen, ob dabei etwas Neues herauskam.

Kais Zelle

Mit leeren Augen schaute Kai auf den Dolch in seiner Hand. Seine Gedanken hatten sich selbstständig gemacht und wandelten auf dunklen, verworrenen Pfaden.

Der Ermittlungsbeamte der Mordkommission, der bis eben noch bei ihm in der Zelle gewesen war, hatte ihm mit eindringlichen Worten seine Taten vor Augen geführt. Nach seiner Aussage gab es keine Zweifel daran, dass er, Kai Thieme, all diese entsetzlichen Morde begangen hatte. Er hatte sogar die Tatwaffe dabei. Kai hatte diesen Dolch noch nie gesehen, aber was bedeutete das schon. Er war krank und gefährlich, eine tödliche Bedrohung. Während sein Blick sich an der blitzenden, rasierklingenscharfen Schneide der Stichwaffe festsaugte, stiegen grausige Bilder in seinem Inneren auf. Ein tief verborgener Teil seines Ichs wusste Bescheid. Er hatte gemordet, kalt und bestialisch unschuldige Menschen zu Tode gequält und bis zur Unkenntlichkeit verstümmelt. Der schreckliche Verdacht wurde zur beklemmenden Gewissheit. Das, was sich damals bei seinem ersten Sündenfall in ihm geregt hatte, der dunkle bösartige Teil seines Ichs, hatte die Macht übernommen.

Der Beamte hatte den Dolch dagelassen, als er ging. Ob mit Absicht oder nicht, was spielte das noch für eine Rolle. Der Hinweis war überdeutlich. Kai nickte gedankenverloren seine Zustimmung zu dem, was als Nächstes kommen musste.

Es gab eine uralte Tradition aus dem mittelalterlichen Japan. Ein letzter Weg, den der Samurai-Krieger ging, wenn er seine Pflicht verletzt hatte. Ein Weg, der es ihm erlaubte, seine Ehre zu erhalten. Was immer auch das bedeuten mochte.

Blitzartig tauchte das Bild eines Menschen vor ihm auf, der schützend die Hände erhoben hatte. Hätte er vor sieben Jahren die Konsequenzen aus seinem Verhalten gezogen, würden die anderen noch leben.

Kai machte den Oberkörper frei und kniete sich auf den Boden. Seine Hände verselbstständigten sich, umfassten den Dolch, sodass die Klinge nach unten zeigte. Die Rechte umschloss die Linke, in der der Griff ruhte. Mit leichtem Zittern drehte er die Klinge nach innen, setzte die Spitze auf seinen Bauch. Seine Gedanken vollführten schon die Bewegung, während er sich auf die Knie niederließ. Er musste entschlossen, schnell und sicher handeln, um die Zeremonie bis zum Ende durchführen zu können.

Mit einer Intensität, die ihm den Atem nahm, sprang ihm plötzlich eine schreckliche Angst in den Nacken. Er hatte Angst vor dem Schmerz, Angst vor dem Tod, Angst vor dem, was dahinter auf ihn, den Mörder, wartete. Die Spitze des Dolches zitterte heftig und ritzte rote Striemen auf die nackte Haut.

»Selbstmord ist kein Ausweg«, hörte Kai eine Stimme in seinem Kopf. »Du musst dich deiner Schuld stellen, du musst kämpfen bis zuletzt.« Langsam, wie gegen einen großen Widerstand ankämpfend, zog er das Messer zurück. Welcher Teil von ihm da auch immer gesprochen hatte, er hatte Recht. Sich umzubringen, wäre nur feige Flucht vor dem Leben.

Mit einem tiefen Seufzer wich die Anspannung, unter der er die ganze Zeit gestanden hatte. Seit der Ermittlungsbeamte bei ihm gewesen war, hatte ein Schatten auf ihm gelegen, der jetzt endlich von ihm wich.

Kai hatte das Messer noch immer in der Hand, als ein seltsames Gefühl sich seiner bemächtigte. Es war, als stiegen trübe Nebel in seinem Kopf auf. Und mit dem Nebel drang etwas in ihn, etwas, das nicht zu ihm gehörte. Es war etwas Fremdes, das Unheilvolles mit ihm vorhatte. Verzweifelt versuchte er, sich dagegen zu wehren, aber es war schon zu spät.

Kai spürte einen brennenden Schmerz in seinen Eingeweiden, der sich wie ein rasendes Feuer ausbreitete, während der Dolch in seinen von unsichtbaren Kräften geführten Händen einen tödlichen Tanz vollführte.

»Grahn ...«, flüsterte Kai mit einer vom eigenen Blut erstickten Stimme, bevor der Blick seiner Augen brach.

Unter Verdacht

Wolf schaute in die Gesichter seiner Kollegen und wollte nicht glauben, was er darin las. Das durfte doch nicht wahr sein! Wie konnten sie so etwas auch nur denken? Er war kein Mörder!

Er hatte schon ein ungutes Gefühl gehabt, als er am Morgen sein Büro betreten hatte. Kai war nach seinem Geständnis am Vortag in U-Haft genommen worden. Dirk Strawatzki hatte darauf bestanden, die erste Befragung durchzuführen. Dabei war er nicht gerade zimperlich mit dem ehemaligen Polizisten umgegangen. Wolf, der das Verhör als Zuhörer gebannt verfolgt hatte, war erleichtert, dass Kai kein Wort von seiner Beteiligung an dem Unfall vor sieben Jahren verlor. Er nahm alles auf seine Kappe. Neben der Erleichterung schlich sich aber auch ein unangenehmes, beschämendes Gefühl ein.

»Verräter«, flüsterte etwas leise in ihm. »Du warst beteiligt und er muss dafür bluten.«

»Ich habe aber keine Zeugen beseitigt«, wehrte er sich gegen sein schlechtes Gewissen.

»Na und?«, kam die lautlose Antwort in seinem Kopf. »Glaubst du etwa wirklich, dass Kai der Mörder ist?«

Nein, auch wenn es verlockend war, den Fall, in den er auf so unangenehme Weise selbst verstrickt war, abschließen zu können. Er konnte sich einfach nicht vorstellen, dass Kai diese grausamen Morde begangen haben sollte. Daran änderte auch dessen Geständnis nichts. Wenn man da überhaupt von Geständnis reden konnte. Kai beschuldigte sich zwar selbst, er konnte sich aber an keinen einzigen der Morde erinnern.

Schizophrenie? Uwe Wolter, der Psychologe, machte keinen besonders überzeugten Eindruck. Konkret hatte er sich zwar noch nicht geäußert. Er wollte erst ein paar Tests machen und sich einen genaueren Eindruck verschaffen, aber sein Gesicht verriet die Skepsis gegenüber Kais Selbstbezichtigungen.

Strawatzki dagegen schwelgte schon in Siegerpose. Für ihn war Kai der Mörder, der Fall abgeschlossen und eine weitere Hürde auf seiner Karriereleiter erfolgreich genommen. Wolf konnte sich sehr gut vorstellen, wie er gegenüber seinen Vorgesetzten mit seinen Verdiensten um die Lösung der Euskirchener Morde prahlen würde.

An diesem Nachmittag wollte sich der Psychologe mit Kai beschäftigen. Danach würde Strawatzki wahrscheinlich umdenken müssen.

Wolf hatte vor, die Zeit bis dahin zu nutzen, um in seinem Büro nach dem Rechten zu sehen.

Maximilian war mal wieder unterwegs. So wie sein Schreibtisch aussah, schien er sich nicht allzu oft hier aufgehalten zu haben. Dicke Stapel Papier lagen kreuz und quer übereinander. Hier und da lugte der Vermerk EILT oder DRINGEND durch das Wirrwarr. Das Telefon war schier begraben von der Papierflut.

Wolf schüttelte missbilligend den Kopf. Maximilian hatte sicherlich die Arbeit nicht erfunden, aber das hier war ja wohl der Gipfel. Das sah fast so aus, als würde er sich über Wolfs Abberufung zur Mordkommission ärgern. Sollte Maximilian plötzlich ehrgeizig geworden sein, war das wohl die denkbar schlechteste Reaktion.

Wolf hatte sich gerade den ersten Überblick über die anfallenden Arbeiten verschafft, als Dirk Strawatzki aufgebracht in sein Büro hereingestürmt kam.

»Hier sind Sie also!«, fuhr er ihn barsch an. »Kommen Sie sofort mit! Wir haben da einige sehr dringende Fragen.«

Wolf wollte wissen, was los sei, aber Strawatzki würdigte ihn keines weiteren Blickes mehr. Erst im Konferenzraum der Mordkommission erfuhr er, dass Kai tot war. Man hatte ihn in einer riesigen Blutlache gefunden, mit aufgeschlitztem Bauch. Das Messer hatte er immer noch in der Hand. Kai hatte Selbstmord begangen, nach Art der japanischen Samurai. Dabei hatte er den Dolch benutzt, mit dem auch seine vermeintlichen Opfer getötet worden waren. Die Frage, die sich sofort stellte, war natürlich: Wie kam die Waffe in Kais Zelle?

Sehr bald hatte Strawatzki zwei konkrete Hinweise, die Wolf belasteten. Zum einen war er der Letzte, der das Beweisstück in Besitz hatte, zum andern stand sein Name in der Besucherliste. Er war demnach der Letzte, der Kai besucht und lebend gesehen hatte.

Trotzdem konnte Wolf nicht glauben, dass sie ihn verdächtigten. So dumm, dann auch noch seinen Namen zu hinterlassen, konnte doch niemand sein!

»Herr Krüger, der Dolch befand sich schon seit langem unter Ihrer Obhut.« Dirk Strawatzki dachte gar nicht daran, Wolfs Beteiligung an Kais Tod anzuzweifeln. Er konnte den Triumph in seiner Stimme kaum unterdrücken. Dieser Fall hatte von Anfang an eine Dynamik entwickelt, die ihn schlichtweg überforderte. Jeder hier schien mehr zu wissen als er, der Informationsaustausch, besonders von Seiten dieses Herrn Rudloff, war miserabel und von Zusammenarbeit konnte kaum die Rede sein. Da wurden Beweismaterialien zurückgehalten und Hintergrundinformationen verschwiegen. Er war es leid, ständig mit Schlamperei, Eigenwilligkeiten und den Ergebnissen von eigenmächtigen Untersuchungen konfrontiert zu werden. Diese Kommission war so nicht zu leiten. Dass er selber versucht hatte, Wolf und Rudloff außen vorzuhalten, hatte er geflissentlich vergessen.

Als die beiden gestern mit diesem Kai Thieme ankamen, der behauptete, der Mörder zu sein, war er beinahe aus der Haut gefahren. Wie konnten sie es wagen, einfach so loszuziehen und den Kerl zu besuchen, als wäre es die liebe Verwandtschaft? Das hätte auch ganz anders ausgehen können. Wenn Kai Thieme wirklich ihr Mann war, war er mehr als nur gefährlich. Aber Rudloff hatte ihn überhaupt nicht ernst genommen. Wenn er ihn richtig verstand, hegte er Zweifel an den Darstellungen des ehemaligen Polizisten.

Typisch, dachte Strawatzki, der Mann kann nicht anders, er muss einfach anderer Meinung sein als der Rest seiner Kollegen.

Aber nicht nur er war fest davon überzeugt gewesen, dass sie hier die Lösung ihrer Mordfälle hatten. Es passte alles zusammen. Das klassische Motiv: Täter beseitigt unliebsame Zeugen. Die Tatzeit: Die Morde gingen los, kaum dass Thieme sich hier aufhielt. Außerdem hatten sie die Beweisstücke, die der Verdächtige selbst ausgeliefert hatte. Und was die erforderlichen Kenntnisse zur Durchführung der Morde anbelangte – Thieme war in den letzten Jahren viel herumgekommen in der Welt, da konnte man sich schon einiges aneignen.

Reimers und Flözring stimmten mit Strawatzki überein, Kai Thieme war der Täter! Auch wenn der Apotheker ihn nicht identifizieren konnte, den Einkauf dieser komischen Chemikalien hatte er vielleicht auch über einen Dritten abwickeln lassen.

Und jetzt diese Schweinerei! Kollege Wolf besucht seinen Exkollegen heimlich in der U-Haft und steckt ihm eine Waffe zu. Nicht irgendeine Waffe. Nein! Den Dolch, die Tatwaffe, in der Hoffnung, dass Thieme, der sich in einem psychisch sehr instabilen Zustand befand, sich damit selbst umbringt. Was dann ja auch wunderbar geklappt hatte. Dieses Verhalten Wolfs ließ für Strawatzki nur einen Rückschluss zu. Der Beamte hatte mächtig Dreck am Stecken und wollte verhindern, dass Thieme ihn verpfiff.

Schlau gedacht, aber miserabel gemacht. Sie waren doch keine Amateure, die man an der Nase herumführen konnte, wie man wollte. Strawatzki vermutete, dass Wolf in Panik geraten war. Er hatte sich sogar mit seinem Namen in den Besuchernachweis der Haftanstalt eingetragen. Dümmer konnte man so etwas kaum anstellen.

Und jetzt saß er hier vor ihnen und spielte den Ahnungslosen. Aber nicht mit ihm!

Wolf sah sich Hilfe suchend zu Rudloff um. »Ich weiß nicht, wie Thieme an die Waffe gekommen ist. Ich habe den Dolch seit letzter Woche nicht mehr gehabt. Er war verschwunden. Ich nahm an, dass Herr Wilden ihn an sich genommen hatte und habe mich nicht mehr darum gekümmert.«

Wolf wusste selbst, wie fadenscheinig die Erklärung in den Ohren seiner Kollegen klingen musste, aber es war tatsächlich so. Er hatte dieses wichtige Beweisstück einfach vergessen. Ein sträflicher Fehler, der ihm auch ohne den Vorfall mit Thieme mächtigen Ärger einbringen konnte. Wie hatte alles nur so schief laufen können? Anstatt seine Haut zu retten, steckte er jetzt bis zum Hals tief drin in der Scheiße.

Verzweifelt versuchte er, Ruhe in seine Gedankengänge zu bringen. Wenn er jetzt nicht höllisch aufpasste, würde er sich noch um Kopf und Kragen reden. Es war ziemlich egal, was er sagte, die Kollegen würden ihm nicht glauben. Der

Einzige, der vielleicht noch offen war, war Rudloff. Aber war der wirklich auf seiner Seite?

Während Dirk Strawatzki Frage um Frage stellte und Vermutungen anstellte, die sich bedrohlich der Wahrheit näherten, wurde ihm plötzlich bewusst, dass es noch einen Dritten geben musste. Einen weiteren Polizisten, denn nur ein Polizeibeamter konnte sich so einfach in die Haftanstalt begeben und sich als Wolf Krüger ausgeben.

»Verdammt!«, entfuhr es ihm. »Merkt ihr denn nicht, dass wir gerade furchtbar verarscht werden!« Strawatzki starrte ihn entsetzt an, Rudloff hob interessiert seine rechte Augenbraue, als Wolf, der Strawatzki mitten im Wort unterbrochen hatte, fortfuhr. »Ich war nicht in Kais Zelle, definitiv nicht, das müsst ihr mir einfach glauben. Ich habe in dieser Zeit in meinem Büro gesessen und Akten gewälzt. Das war jemand anderes, jemand, der sowohl Zutritt zur Haftanstalt als auch zu den Büroräumen hat. Und ich gehe jede Wette ein, dieser Jemand ist auch unser Mörder. Ich halte Kai Thieme immer noch für unschuldig, auch wenn er so etwas wie ein Geständnis abgelegt hat. Tatsache ist doch, dass er sich selbst an keinen dieser Morde erinnern kann. Hier wird ein ganz perfides, abgekartetes Spiel getrieben! Wenn wir unseren Mann finden wollen, dann müssen wir hier suchen, hier in unserem Polizeipräsidium, vielleicht sogar in unserer Sonderkommission.«

Zuerst herrschte angespanntes Schweigen. Wolf begann schon zu hoffen, dass er die Kollegen überzeugt hatte. Dann schüttelte Ralf Strawatzki überlegen lächelnd den Kopf. »Glauben Sie wirklich, uns durch solche billigen Ablenkungsmanöver aufs Glatteis führen zu können?« In den Gesichtern der anderen tauchten wenigstens leise Zweifel auf und Rudloff wirkte sehr nachdenklich. Wenn er überhaupt eine Chance hatte, heil aus diesem Schlamassel herauszukommen, dann nur mit Hilfe des BKA-Beamten, der sowohl den Grips als auch die Autorität hatte, die Dampfwalze Dirk Strawatzki zu stoppen und die Ermittlungen endlich in die richtige Richtung zu lenken.

Da fiel Wolf noch eine letzte Chance ein, seine Unschuld zu beweisen: »Fragen Sie doch den Beamten, der mich angeblich reingelassen hat. Sie werden sehen, er wird mich nicht als den Besucher identifizieren.«

»Das haben wir schon versucht«, antwortet Rudloff, bemüht einen beruhigenden Tonfall anzunehmen. »Aber der Mann hat ausgerechnet jetzt seinen Urlaub angetreten und ist mit dem Motorrad unterwegs. Wir werden aber versuchen ihn ausfindig zu machen.«

Zum Schluss ließ man ihn gehen, aber seine Suspendierung und eine anschließende Inhaftierung unter dringendem Tatverdacht war eine Sache von wenigen Stunden, wenn es nach Dirk Strawatzki ging. Und der hatte im Moment erschreckend viel Einfluss.

Grahn IV

Zufrieden registrierte Grahn, wie die Fäden, die er ausgeworfen hatte, zusammenliefen. Vor fünfzig Jahren hatte ein Unwetter verhindert, dass er seiner Aufgabe gerecht wurde. Diesmal würde er sich nicht mehr aufhalten lassen.

Dreimal noch würde er Maximilian Peters, sein Werkzeug opfern lassen, bevor er alles Erforderliche zur Erfüllung seines Auftrages eingeleitet hatte. Er wusste, dass er sich beeilen musste. Die Ermittler der Polizei waren ihm – oder besser gesagt: seinem Diener – auf den Fersen. Auch wenn er falsche Spuren gelegt hatte, die sie verwirren sollten; dieser eine, der sich Rudloff nannte, war gefährlich, viel zu gefährlich. Grahn hatte versucht, sich in seine Gedanken einzuschleichen, war aber an einem Hindernis gescheitert, das ihn unangenehm an ein Erlebnis erinnerte, das fast zweitausend Jahre zurücklag. Damals war es ein archaischer Tempel keltischer Matronengottheiten gewesen, der ihn fast zur Raserei getrieben hatte.

Grahn war trotz seiner Gier vorsichtig genug, nicht weiter in diesen Mann einzudringen. Er würde stattdessen das Tempo beschleunigen. Zwei Opfer und zwei weitere Bauteile in einer Nacht.

Diese Bauteile bildeten den Kern der Schaltung, die der ahnungslose Wissenschaftler in Aachen so geflissentlich zusammenbaute. Grahn hatte die Reihenfolge, in der er den Bauplan und die notwendigen Bauteile an die Menschen weitergab, mit Bedacht gewählt. Solange sie den Mörder suchten, würden sie folgsam versuchen, seine Schaltung zusammenzubauen. Sie erhofften sich davon Hinweise auf den Mörder. Wenn sie die nächsten beiden erhalten hätten, war er fast schon am Ziel, das letzte fehlende Teil würde er selbst sein. Er war das Programm, mit dem die Schaltung gesteuert werden konnte. Sobald er hier fertig war, würde er sich darum kümmern.

Die Anweisungen, die Grahn ausführte, waren zwingend, aber sie ließen ihm Raum, sich seiner Leidenschaft zu widmen. Die Gier nach Angst und Schmerzen seiner Opfer, der er seit der Begegnung mit Dietrich Haller entsagen musste, hatte vollständig von ihm Besitz ergriffen.

Der Mensch hatte ihn zum ersten Mal besiegt, als er die Gestalt eines Wolfes hatte. Daran erinnerte er sich, als es darum ging, die Form der Schaltung zu bestimmen. Der Wolf hatte aber auch für den Menschen seit Jahrhunderten ein besondere Anziehungskraft. Selbst heute noch, nachdem der graue Jäger fast ausgerottet war. Das erhöhte den Reiz und damit die Chance auf besondere Beachtung. Daher hatte Grahn sich für die Wolfstatze entschieden.

Grahn war sich sicher, die Menschen würden das tun, was sie immer taten. Sie würden neugierig wie sie sind, die Schaltung fertig stellen und ausprobieren, was geschieht, wenn sie sie in Gang setzen.

Damit war ihr Schicksal besiegelt.

Zweifel

Rudloff sah sich nachdenklich um. Das Büro war genauso geschnitten und eingerichtet, wie tausend andere auch. Zwei Schreibtische, eine Wand mit Schränken und Regalen, aus denen Aktenordner und Papierstapel hervorquollen. Einer seiner ersten Blicke galt den beiden Papierkörben. Was seine Nachforschungen anbelangte, hatten sie sich oft genug als sprudelnde Quelle wichtiger Informationen erwiesen. Der graue Eimer unter Wolfs Schreibtisch war leer, leider. Dafür barst der Behälter seines Kollegen fast aus den Nähten, so voll war er. Neugierig trat Rudloff näher.

Den Abfall direkt vor Ort zu untersuchen, erschien ihm zu riskant, der Kollege könnte jederzeit auftauchen und Rudloff hatte eigentlich keine Genehmigung zur Durchsuchung der Büroräume. Daher packte er eine große Mülltüte aus seiner Jackentasche und stülpte kurzerhand den gesamten Inhalt hinein. Rudloff stellte den Sack neben der Tür ab und sah sich weiter um. Er suchte nichts Bestimmtes, tastete den Raum mit seinem Blick systematisch ab und achtete darauf, ob ihm etwas auffiel. Dabei gingen seine Gedanken eigene Wege. Wolfs Aufbegehren ging ihm nicht aus dem Kopf. Er hatte gesagt, dass der Täter aus ihren eigenen Reihen käme, mit Sicherheit Polizist wäre. Rudloff hatte selbst so etwas vermutet. Kai Thieme hätte sehr gut in das Schema gepasst, aber jetzt war er selber tot, möglicherweise das fünfte Opfer.

Es stellte sich nur die Frage, ob sein »Sterbehelfer« tatsächlich Wolf Krüger hieß.

Der Leiter der Sonderkommission, Dirk Strawatzki, schoss sich immer mehr auf den Polizisten ein. Richtig war: Die

Morde trugen die Handschrift eines Profis, der nicht nur ganz genau wusste, was er tat, sondern auch eingehende Kenntnisse über die Abläufe polizeilicher Untersuchungen haben musste. Für Wolf war dies im Moment nicht gerade entlastend. Ganz im Gegenteil; seit Gerald Wilden herausgefunden hatte, dass der Fingerabdruck auf dem Behälter, den sie bei der mumifizierten Leiche gefunden hatten, mit den Linien auf Wolfs Fingerkuppe identisch war, galt er als ernsthafter Kandidat auch für die restlichen Tötungsdelikte.

Rudloff schüttelte unbewusst den Kopf. Auch wenn die Indizien vordergründig daraufhin deuteten; Wolf als Täter machte für ihn einfach keinen Sinn. Trotzdem hatte sich Dirk Strawatzki durchgesetzt und Wolfs Inhaftierung erwirkt.

Die beiden Schreibtische in Wolfs Büro standen sich gegenüber. Rudloff zog die Schubladen an Wolfs Seite auf. Bei der zweiten fiel ihm eine Reihe dunkler Flecken auf. Er bückte sich, um sie genauer anzusehen, als sein Blick auf den anderen Schreibtisch fiel. Er gehörte Wolfs Kollegen, Maximilian Peters. Ein kleiner Bereich der Schreibtischunterlage, die aus einem großen Block in DIN-A0 Format bestand, war noch frei geblieben und auf diesem hatte Rudloff den Abdruck einer Zeichnung entdeckt. Sie musste beim Zeichnen auf dem ursprünglichen Papier durchgedrückt worden sein.

Rudloff warf instinktiv einen Blick zur Tür, während er langsam um die Schreibtische herumging. Als er vor dem Abdruck stand, nahm er einen Bleistift und fuhr mit leichten Strichen über die Oberfläche. Jetzt gab es keinen Zweifel mehr. Rudloff spürte förmlich, wie in seinem Kopf ein Puzzleteil in das nächste einrastete. Wolf hatte Recht. Der Mörder war mitten unter ihnen.

»Verdammt!«, fluchte Rudloff gepresst. Wenn er richtig lag mit seinem Verdacht, waren noch mindestens drei

Menschen in akuter Lebensgefahr, eben jene drei Zeugen die noch übrig geblieben waren.

Mit einem Satz war er bei der Tür, schnappte sich noch schnell den Sack mit den Abfällen aus Maximilian Peters Papierkorb und rannte über den Flur als wäre der Teufel hinter ihm her.

* * *

»Was hast du gesagt? Wer hat die Lampen ausgeliehen?«

Marion musste sich mit aller Gewalt beherrschen, um ihren kleinen Sohn nicht anzuschreien. Seit Maximilians Besuch gegen Mittag stand sie kurz vor einem Nervenzusammenbruch. Er hatte ihr berichtet, dass Wolf unter Mordverdacht stand und in Untersuchungshaft genommen worden war.

Eigentlich mochte sie Wolfs Kollegen nicht besonders, er hatte eine Art sie anzusehen, die ihr unangenehm war, sie hatte jedes Mal das Gefühl, bis auf die nackte Haut ausgezogen zu werden. Aber heute war er wirklich rührend um sie bemüht, hatte gefragt, ob er nicht noch etwas bleiben solle, versicherte ihr, dass sich bestimmt alles aufklären und Wolf bald wieder nach Hause kommen würde. Nein, er könne sich ganz und gar nicht vorstellen, dass ihr Mann etwas mit den Morden zu tun habe, schließlich hatten sie beide jahrelang zusammengearbeitet, da würde man so etwas doch merken.

Es hatte ihr wirklich geholfen, wenigstens für kurze Zeit. Dann war er weg und plötzlich hatten sich schreckliche Zweifel in ihre Gedanken geschlichen. Was, wenn die Polizei nun doch Recht hatte? Konnte es möglich sein, dass Wolf ein Doppelleben führte, von dem sie nichts ahnte? Von dem er vielleicht sogar selber nichts wusste? Eiskalte Schauer waren über Marions Rücken gelaufen, bei der Vorstellung, Nacht für Nacht neben einem irren Mörder gelegen zu haben. Die Kinder kamen ihr in den Sinn. Unter welcher schrecklichen Gefahr hatten sie alle gestanden?

Um Himmels willen, Marion! Reiß dich zusammen!, hatte sie sich endlich zur Raison gerufen.

Wäre Wolf ein Psychopath, hätte er sie schon zigmal umbringen können. Außerdem kannte niemand ihn besser als sie, schließlich führten sie eine offene Ehe, sie konnten doch über alles reden.

Aber war das wirklich so?, hatten sich wieder die Zweifel gemeldet. Die vielen Streitereien waren ihr eingefallen und Wolfs verschlossene Miene, wenn er nicht mehr weiter wusste.

Bittere Tränen waren in Marions Augen getreten. Alles, was ihr Leben ausgemacht hatte, alles, was ihr wertvoll und wichtig war, drohte mit einem Mal wie ein Kartenhaus einzustürzen. Sollte Wolf wirklich der gesuchte Mörder sein, würde sie auf einen Schlag ihre gesamte Existenzgrundlage verlieren.

Es hatte sich aber auch ihr schlechtes Gewissen gemeldet. Wie kannst du nur so selbstsüchtig sein, dachte sie. Ihr Mann war in schlimmer Bedrängnis geraten und sie hatte nichts Besseres zu tun, als an ihren Besitz zu denken! Marion hatte erleichtert gespürt, dass sie langsam wieder zur Besinnung kam. Es hatte keinen Zweck, Wolf zu verdächtigen, nur weil andere das auch taten.

Marion hatte sich schließlich ein Taschentuch genommen, die Tränen getrocknet und versucht ihren Kopf frei zu bekommen.

Jens, ihr Sohn, musste sie regelrecht wachrütteln, um sie auf sich aufmerksam zu machen. Marion hatte ihn in sein Zimmer geschickt, als ihr klar wurde, welche Nachricht

Maximilian ihr zu überbringen hatte. Mit seinen fünf Jahren war er alt genug, sich seinen Reim auf das zu machen, was er aufschnappte, aber noch viel zu jung, um eine solche Information ungefiltert verkraften zu können.

»Mama, wollte der Mann wieder Papas Lampen haben?«

Urplötzlich explodierte etwas in Marions Kopf und eine Flut von Gedanken stürzte derart auf sie ein, dass sie fast die Besinnung verlor. Erst als Jens laut aufschrie, merkte sie, dass sie ihn viel zu fest an den Armen gepackt hatte. »Entschuldige, mein Kleiner. Ich wollte dir nicht weh tun. Du hast nichts Schlimmes getan«, versuchte sie ihn, aber vor allem sich selbst zu beruhigen.

Die Lampen! Wolf hatte ihr erzählt, dass jemand sie ausgetauscht haben musste. Wer auch immer das war, der hatte auch all die Morde begangen.

»Du musst mir jetzt ganz genau sagen, wer Papas Lampen ausgeliehen hatte und wann das war. Das ist ganz furchtbar wichtig. Verstehst du das?« Jens nickte mit großem Ernst und erzählte Marion, was er wusste. Während sie zuhörte, wurde es Marion abwechselnd kalt und heiß.

Guter Gott! Warum waren sie nicht selbst darauf gekommen. Das war die einzig logische Erklärung für all die ungeheuerlichen Vorgänge. Und die ganze Zeit war er ihnen so nahe. In welcher Gefahr hatten sie geschwebt!

Sie musste unbedingt etwas unternehmen und zwar sofort. Sie streichelte Jens über den Kopf und drückte ihn ganz fest an sich. Dann stand sie auf, nahm das schnurlose Telefon und ging in Wolfs Arbeitszimmer. Irgendwo auf seinem Schreibtisch musste die Telefonnummer von diesem Jürgen Rudloff sein. So wie Wolf von ihm erzählt hatte, schien er der einzig Vernünftige in diesem ganzen Haufen geltungssüchtiger Polizisten zu sein.

Brandopfer

Jona Fassbender und Karl-Uwe Hambach schauten sich verdutzt und äußerst misstrauisch an. Da hatte sich wohl jemand einen schlechten Scherz erlaubt, gerade sie zur gleichen Zeit an den gleichen Ort zu bestellen. In Euskirchens Luden-Szene wusste jeder, dass sich die beiden spinnefeind waren und schon seit Jahren, wenn überhaupt, nur über Mittelsmänner miteinander verkehrten.

Wie zwei Kampfhähne umkreisten sie sich mit abschätzenden Blicken. »Was hast du hier zu suchen?«, blaffte Jona Karl-Uwe herausfordernd an.

»Das geht dich einen Dreck an!«, war Karl-Uwes prompte Antwort. Eine Zeit lang starrten sie sich schweigend in die Augen. Ein stummer Kampf, bei dem man die Spannung in der Luft förmlich knistern hören konnte. Der Anrufer, der sie jeweils hierher bestellt hatte, hatte darauf bestanden, dass sie allein und unbewaffnet kämen. Bei jedem anderen hätten sie auf die Anordnung gepfiffen und wären mit voller Mannschaft und bis zu den Zähnen bewaffnet erschienen. Aber nicht bei ihm. Dafür war er zu gefährlich.

Der Grund ihres jahrelangen Zwistes war eigentlich lächerlich, besonders bei Männern ihres »Berufsstandes«. Es ging tatsächlich um eine Frau. Gut fünf Jahre war das jetzt her. Sie hatte ihnen den Kopf verdreht und sie heimlich gegeneinander ausgespielt. Mira Koslowski, das beste Pferd, das sie jemals in ihrem Rennstall hatten. Sie war eine, die höchste Preise verlangen konnte. Und sie war sich ihres »Wertes« voll bewusst. Als sich Jona und Karl-Uwe gleichzeitig an sie heranmachten, spielte sie die Ahnungslose und hetzte sie gegeneinander auf. Wie das vonstatten ging, war schon fast Legende im Milieu.

Mittlerweile hatte Mira sich nach Köln abgesetzt und leitete ihr eigenes Etablissement. Jona und Karl-Uwe hatten den Euskirchener Bezirk unter sich aufgeteilt und vermieden es peinlichst, sich in den Bereich des anderen einzumischen. Der Einzige, der sich darüber hinwegsetzten konnte, war derjenige, der sie heute hierher in das leer stehende Fabrikgebäude am Rande Euskirchens bestellt hatte.

Die ausgeschlachtete Halle dünstete einen morbiden Geruch nach Fäulnis und Verfall aus. Kleine Exkrementreste und leise Scharr- und Fiepgeräusche zeugten von der Allgegenwart eines ständigen Begleiters menschlicher Kultur, der Ratte, die sich auch hier in Scharen eingenistet hatte. Es war gegen Abend und die Strahlen der soeben untergegangenen Sonne, die sich durch die milchig staubigen Fenster hereinstahlen, waren kaum noch in der Lage, den hohen Raum auszuleuchten. Die Schatten in den Ecken wuchsen zu dunklen Ungetümen heran und drängten sich immer näher.

Jona, der von den beiden den meisten Grips hatte, witterte Verrat. Während sich seine Haare in einem unheimlichen Schauer aufrichteten, schaute er sich nervös nach allen Seiten um. Das sah verdammt nach einer Falle aus!

Karl-Uwe versuchte, den Coolen zu mimen, aber Jona sah seinen Augen an, dass er sich mindestens ebenso beklommen fühlte wie er selbst. Jona musste plötzlich an eine Begebenheit vor gut sieben Jahren zurückdenken. Damals waren er und Karl-Uwe noch dicke Freunde. Es war eine Zeit, in der noch alles möglich schien, sogar ein bürgerliches, ein legales Leben. Mit Hilfe dieses Kuttenträgers Andreas, einem Ordensbruder des Klosters in Steinfeld, war es ihnen gelungen, ihr Bewährungsjahr ohne Zwischenfälle zu überstehen und sie hatten das ordentlich gefeiert.

»Salvatorianer«, meldete sich eine Stimme in seinem Inneren. »Wenn du dich nicht so bescheuert angestellt hättest im Jahr danach, hättest du mittlerweile deine eigene Werkstatt. Aber du musstest ja unbedingt dem schnellen Geld hinterher rennen.«

»Halt die Schnauze!«, fauchte Jona ungewollt laut und musste sofort einen Satz zurück machen, um Karl-Uwes hartem Faustschlag auszuweichen, der die Bemerkung auf sich bezogen hatte.

»Aber, aber, meine Herren. Wer wird sich denn gleich an die Gurgel gehen?«

Wie ein Mann fuhren Jona und Karl-Uwe herum und gingen in Abwehrposition. Ein Schemen schälte sich geisterhaft aus der Dunkelheit heraus und bewegte sich auf sie zu.

Jona ließ zischend die angehaltene Luft ab, als er den uniformierten Polizisten erkannte. »Was soll das!«, fuhr Karl-Uwe den Mann an. »Du weißt genau, dass ich mit dem keine Geschäfte mache.« Dabei machte er eine Geste, die keinen Zweifel daran ließ, wen er mit ›dem‹ meinte.

Der Polizist lächelt ihn nur undurchsichtig an. »Das ist Schnee von gestern«, sagte er. »Ich habe Ihnen eine Mitteilung zu machen, die all ihre Probleme mit einem Schlag lösen wird.«

Jona entspannte sich ein wenig, während Karl-Uwe ungläubig den Kopf schüttelte. »Und was soll das für eine Mitteilung sein?«, fragte er mit einer Mischung aus Neugier und Skepsis. »Haben sie dich zum Bürgermeister gewählt, oder zum Polizeipräsidenten?«

»Viel besser!«, lachte der Polizist. »Ihr beide werdet sterben und zwar jetzt gleich.«

Bevor Jona und Karl-Uwe begriffen hatten, was er da gesagt hatte, löste sich die Gestalt des Polizisten in einem Schatten auf, der rasend schnell um sie herumschoss. Sie spürten nur einen scharfen Schmerz in ihrem Rückgrat, dann sackten ihre Knie plötzlich ein und der Boden fiel auf sie zu. Das Nächste, was sie registrierten, war ein diabolisches Grinsen. Der Polizist stand über sie gebeugt und machte einen sichtlich zufriedenen Eindruck.

Jona versuchte verzweifelt, seine Arme und Beine zu bewegen, aber sie gehorchten ihm nicht mehr.

»Sparen Sie sich die Mühe«, kommentierte der Polizist seinen verkniffenen Gesichtsausdruck. Dabei hantierte er spielerisch mit einem antiquiert aussehenden Dolch, dessen Spitze dunkelrot gefärbt war. Es war das beste Stück aus seiner Waffensammlung. Mit geradezu diebischer Freude hatte er es benutzt; nicht nur um zu töten, sondern auch um Verwirrung zu stiften. Die Kollegen ließen sich ja so leicht an der Nase herumführen. »Ein kleiner, harmloser Stich mit weit reichenden Folgen«, sprach er weiter. »Sie werden sich nie wieder bewegen können. Aber seien Sie beruhigt, ich werde Sie nicht lange in dieser unangenehmen Situation belassen.«

Mit einem energischen Ruck drehte er sich zu der Ecke, aus der er gekommen war, und eilte ein paar Schritte in einen Schatten hinein.

Als er wieder in Jonas Blickfeld erschien, hatte er einen kleinen Plastikkanister in der Hand. Ein stechender Geruch nach Benzin raubte Jona schier den Verstand. Das konnte er unmöglich vorhaben! So grausam konnte er doch nicht sein! Auch Karl-Uwe schien zu erkennen, was die Stunde geschlagen hatte. Aber zu mehr als nur ein paar heftigen Atemzügen und einem entsetzten Augenrollen war er nicht in der Lage.

Der kleine Stich, von dem der Polizist eben gesprochen hatte, hatte eine ganze Reihe von Nervensträngen im Rückenmark durchtrennt und damit fast sämtliche Muskeln des Bewegungsapparates außer Betrieb gesetzt.

Mit dem Fuß drehte der Polizist die auf dem Boden liegenden Körper auf den Rücken. Er wollte bei dem, was er vorhatte, in ihre Augen sehen können. Seelenruhig schraubte er anschließend die Kappe des Kanisters auf und schüttete den Inhalt über die beiden. Dann holte er zwei weiße Gegenstände von einer eigenartigen Form aus der Hosentasche und legte sie ihnen auf die Brust, zündete ein Streichholz an und schaute in ihre schreckensstarren Gesichter.

»Eigentlich schade, Sie werden nie erfahren, warum Sie sterben müssen, aber seien Sie versichert, es ist wirklich eine große Sache. Nun, sei's drum, ich wünsche Ihnen eine gute Reise.«

Maximilian starrte fasziniert in die Flammen, die sofort in die Höhe schossen, als das Feuer des Streichholzes Jonas Hose berührte. Sekunden später verschwanden die Zuhälter unter einem Meer von Rauch und Feuer. Er musste ein paar Schritte zurückgehen und sich den Arm vor Nase und Mund halten. Eine plötzliche Hitzewelle trieb ihn noch ein paar Schritte weiter zurück.

Währenddessen saugte Grahn in ihm gierig die Schmerz- und Paniksignale auf, die von den lichterloh brennenden Menschen ausgingen. Als die Muskeln sich durch den hohen Wasserverlust verkürzten und dadurch die Körper der beiden aufgerichtet wurden, war sein Schlachtfest beendet. Die Menschen waren zu diesem Zeitpunkt bereits tot.

Maximilian verharrte noch einen kurzen Moment und genoss seinen Triumph. Jetzt musste auch der allerletzte Depp auf den Sündenfall der ach so begnadeten Kollegen

Wolf und Thieme aufmerksam werden. Und wenn nicht, gab es da ja immer noch Bruder Andreas.

Aber auch so war seine Saat aufgegangen. Kai Thieme hatte seine gerechte Strafe erhalten und Wolf, dieser hochnäsige Fatzke, saß unter Mordverdacht in U-Haft. Die beiden konnten ihm nun nicht mehr gefährlich werden. Ihm selbst konnten sie nichts anhängen, wenn er sich nicht gerade auf frischer Tat ertappen ließ. Er hatte gestern offiziell seinen Urlaub angetreten und war unterwegs zu einer sechswöchigen Wanderung durch die Pyrenäen, leider unerreichbar. Bis er wieder auftauchte, würde schon längst Gras über die Sache hier gewachsen sein. Beweise, die gegen ihn sprachen, gab es nicht, da war er sich sicher.

Zufrieden drehte er sich schließlich um und verschwand mit schnellen Schritten in der Dunkelheit.

Enthüllungen

Gerald Wilden saß inmitten eines Wustes von Papieren, Behältern und Gerätschaften in dem kleinen Raum, der ihm für die Dauer der Ermittlungsarbeit bei der Sonderkommission als Büro diente, und versuchte seine Gedanken zu sortieren. In den letzten Tagen kam er sich immer mehr vor wie eine Marionette, die sich an unsichtbaren Strippen bewegt. Ein Gebrauchsgegenstand, den man einsetzen kann, wo und wie es einem gerade passt, oder schlimmer noch, eine Schachfigur, die nach einem undurchschaubaren Plan hin und her geschoben wird.

Zu Anfang war es noch das Machtspiel zwischen Rudloff und Strawatzki, aber mittlerweile schien ein Dritter die Fäden in die Hand genommen zu haben. Seit er auf Strawatzkis Anordnung hin Wolfs Fingerabdrücke mit den Abdrücken auf der Plastikflasche des letzten Leichenfundes, der Mumie, verglichen hatte, wurde er das Gefühl nicht mehr los, Handlanger eines Intrigenspieles zu sein.

Wolf als Täter? Beim besten Willen, nein!

Dann die Sache mit ihrem ersten Verdächtigen. Ein Ex-Polizist, der sich selbst beschuldigte, aber nicht in der Lage war, den genauen Tathergang seiner Morde zu schildern. Danach der Selbstmord, so offensichtlich fingiert, dass es kaum auszuhalten war, mit einem unübersehbaren Hinweis auf Wolf. Gerald schüttelte unmerklich den Kopf bei der Frage, ob der Kollege wirklich so dumm sein konnte, dem Hauptverdächtigen eine Waffe in die Zelle zu bringen und dann auch noch seinen Namen auf der Besucherliste zu hinterlassen.

Dirk Strawatzki hatte da weniger Bedenken. Er hielt sich an das, was für ihn offensichtlich war, und ließ Wolf kurzerhand einbuchten.

»Der Täter kommt aus unseren Reihen.«

Wenn Wolf Recht hatte mit dieser Behauptung, würde es mächtigen Ärger geben und Druck von allen Seiten. Und so, wie es aussah, war Gerald geneigt, Wolf durchaus zu glauben.

Er hatte in der Zwischenzeit seine eigenen Untersuchungen geführt, sich intern ein bisschen umgehört, den Apotheker befragt, bei dem die Plastikflasche mit Wolfs Fingerabdruck gekauft worden war. Er konnte sich nach einiger Überlegung an den Polizisten erinnern, nicht nur, weil er vorher schon einmal mit Rudloff und Thieme bei ihm zur Gegenüberstellung gewesen war. Wolf war beim Kauf der Flasche tatsächlich zugegen gewesen, aber er war nicht der Käufer. Ein anderer Mann in Zivil, der zu Wolf gehörte, hatte die Flasche abgeholt. Wenn das ihr Mann war, dürfte es ihm nicht schwer gefallen sein, Wolfs Fingerabdrücke auf die Flasche zu bringen. Gerald hatte dann sehr schnell herausgefunden, wer der unbekannte Dritte sein musste. Wolf hatte einen Kollegen, einen Gespannsmann, mit dem er unterwegs war, wenn die Untersuchung, besonders im Gefährdungsfall, einen zweiten Mann erforderte.

Das war die eine Sache.

Gerald war bei seinen Ermittlungen auf einige Ungereimtheiten und Gerüchte gestoßen, die den Verdacht erweckten, dass die Kripo Euskirchen einen Maulwurf, einen Verräter, in den eigenen Reihen beherbergte. Ergebnislose Razzien, ins Leere laufende Untersuchungen, verschwundene Beweismittel, verschleppte Verfahren, interne Infos, die plötzlich an den denkbar ungünstigsten Stellen bekannt wurden. Da hätte die interne Revision eigentlich schon längst Lunte riechen müssen.

Es hatte eine Reihe von Beschwerden Euskirchener Geschäftsleute gegeben, die sich mit Schutzgelderpressungen herumplagten. Sie hatten sich von der örtlichen Polizei im Stich gelassen gefühlt. Einer von ihnen hatte sogar einen privaten Sicherheitsdienst mit eigenen Untersuchungen beauftragt.

Gerald hatte es sich nicht verkneifen können, laut durch die Zähne zu pfeifen, als er den Namen des Sicherheitsexperten erfuhr, der den Auftrag erhalten hatte. Nun ja, Kai Thieme konnte sich jetzt wohl nicht mehr darum kümmern.

Und ein zweiter Ermittler, der seine Nase in diese Angelegenheiten gesteckt hatte, war ebenfalls, wenigstens vorübergehend, aus dem Verkehr gezogen worden. Gerald hatte in Wolfs Schreibtischschublade einen Ordner mit Unterlagen und Notizen gefunden, die belegten, dass er auf eigene Faust nach einer undichten Stelle in den eigenen Reihen gesucht hatte. Dabei war er gar nicht mehr so weit entfernt von dem Kollegen, den Gerald für den Drahtzieher hielt.

Ein leises aber energisches Klopfen riss Gerald aus seinen Überlegungen. »Herein, die Tür ist offen.«

Rudloffs Kopf tauchte hinter der Tür auf. »Herr Wilden, ich muss dringend mit Ihnen reden, ich glaube, ich weiß jetzt, wer unser Mörder wirklich ist.«

Zehn Minuten später waren sie sich einig, nach weiteren zehn Minuten und einem Anruf auf Rudloffs Handy waren sie sich absolut sicher. Wolfs Frau Marion hatte sich gemeldet und ihnen einen weiteren Hinweis geliefert.

»Wir müssen zu Dirk Strawatzki«, sagte Gerald schließlich. »Wir haben den Falschen eingelocht.«

Zu seinem Erstaunen schüttelte Rudloff den Kopf. »Was glauben Sie, was Herr Strawatzki mit der Information über die vertauschten Baustrahler anfangen wird? Stellen Sie sich vor, wie sich die Sachlage aus seiner Sicht darstellt. Ich bin mir sicher, dass er uns das Wort im Mund herumdreht und alles, was wir ihm antragen, gegen Wolf Krüger verwendet. Außerdem, wenn wir ehrlich sind, wirkliche Beweise haben wir immer noch nicht, wenigstens nichts, was wir bei der Staatsanwaltschaft verwenden können. Wir sollten uns an den Personenkreis halten, der damals den Unfall von Kai Thieme beobachtet hat. Vielleicht können die uns ja einen Hinweis geben.«

Mit lautem Poltern wurde plötzlich die Tür aufgestoßen und Dirk Strawatzki, Werner Flöhring und Lothar Reims stürmten in den Raum.

»Meine Herren!«, platzte Strawatzki gewichtig heraus. »Wir haben einen weiteren Mordfall. Einen Doppelmord. Krüger muss einen Komplizen haben.«

Rudloff schluckte die Frage, ob er nicht in Erwägung ziehen wolle, dass Krüger vielleicht gar nichts mit den Morden zu tun hat, wieder herunter. Strawatzki war einfach zu verbohrt. Außerdem meldete sich ein anderer, viel wichtigerer Gedanke zu Wort. Wenn die Opfer zu den Zeugen gehörten, blieb nur noch einer übrig und der musste unbedingt geschützt werden.

Gerald schaute Rudloff fragend an, als dieser jedoch nichts sagte, zuckte er mit den Schultern, sprang auf und packte sein »Werkzeug« zusammen.

* * *

Das alte Fabrikgebäude, in das Maximilian die beiden Luden zu ihrem letzten Date gelockt hatte, war nur zum Teil leer stehend. Kleinere und mittelständische Unternehmen hatten hier billig Lager- und Geschäftsräume angemietet. Von diesen war auch der Brand bemerkt und sofort an die Feuerwehr gemeldet worden. Den Männern der angerückten Löschzüge bot sich ein Bild des Grauens, das dem einen oder anderen noch eine Zeit lang nachgehen würde.

Zwei völlig verbrannte menschliche Körper, an denen noch vereinzelte Flammenzungen leckten, grinsten ihnen mit gebleckten Zähnen aus Mündern ohne Lippen entgegen.

Zum Glück hatte der Einsatzleiter die Ruhe bewahrt und dafür gesorgt, dass die Schäden und Beeinträchtigungen durch die Löscharbeiten so gering wie möglich ausfielen.

Der süßliche Geruch nach angebranntem Fett, der den Männern der Sonderkommission, die kurze Zeit später eintrafen, entgegenschlug, war kaum auszuhalten. Gerald hielt sich ein Taschentuch vor Mund und Nase und umrundete die noch schwelenden verkrümmten Körper. Das Feuer hatte ganze Arbeit geleistet, die Identifizierung würde wahrscheinlich tagelang dauern und nur mittels der Zahnabdrucke möglich sein. Wenn er und Rudloff Recht hatten mit ihrer Vermutung, konnten sie den in Frage kommenden Personenkreis allerdings erheblich eindämmen. Hier war aber auch höchste Eile geboten.

Gerald kramte in seiner Tasche nach der Knetmasse, um direkt einen Abdruck der Zähne nehmen zu können, als sein Blick auf ein schwarz gebranntes Etwas fiel, das auf der Brust eines der Opfer lag. Es hatte annähernd die Form einer Hundepfote. Schon wieder eine Wolfspfote, dachte er und machte Rudloff auf seinen Fund aufmerksam.

Dieser packte ein Paar Einweghandschuhe aus, hockte sich hin und hob das Teil auf. Es war porös und ungewöhnlich leicht. Schwarz glänzende Perlen an der Oberfläche zeugten von der Hitze, der es ausgesetzt war.

»Porenbeton«, kommentierte Werner Flöhring den Fund. »Mein Schwiegersohn hat sein Haus mit diesem Material gebaut. Das Zeug kann sehr große Hitze abhalten. Ich habe auf einer Vorführung gesehen, wie einer mit dem Schweißbrenner auf eine etwa fünf Zentimeter dicke Platte draufgehalten hat. Dabei hat er das Teil von unten mit der bloßen Hand gehalten.«

Gerald hatte eine zweite Pfote entdeckt, sie befand sich auf der Brust des anderen Leichnams. »Die gleiche Prozedur wie bei der Mumie. Ich wette zehn zu eins, dass da etwas für Wolfs elektronisches Bauteil drin ist.«

»Das ist ja wohl offensichtlich!«, mischte sich Dirk Strawatzki ein. »Der Täter will uns doch nur auf die falsche Fährte führen. Schauen Sie lieber, dass wir so schnell wie möglich herausfinden, wen wir da vor uns haben.«

Gerald nahm die Beweisstücke, packte sie jeweils in eine Papiertüte ein und versah sie mit einer Registriernummer. Die beiden Pfoten, versah er mit der Anweisung sie sofort nach Aachen zur Untersuchung zu überstellen.

Anschließend machte er sich daran, einen Abdruck der Zähne herzustellen. Flöhring und Reims sollten sich so schnell wie möglich nach den in Frage kommenden Zahnärzten erkundigen.

Rudloff suchte die Leichen nach Spuren eines Kampfes ab, konnte jedoch nichts entdecken. Da mussten sie wohl das Ergebnis der pathologischen Untersuchungen abwarten.

Seufzend stand er schließlich auf und inspizierte die Umgebung. Der Boden war dick mit Staub bedeckt und wies dort, wo kein Löschwasser hingekommen war, eine Reihe von Fußabdrücken auf. Der größte Teil stammte von den Stiefeln der Feuerwehrleute. Trotzdem konnte sein geschultes Auge nach einer Weile drei unterschiedliche Fußspuren ausmachen, die von den beiden Opfern und dem Täter stammen mussten. Vorsichtig darauf bedacht, keine Spuren zu verwischen, folgte er einer Fährte, die aus einer der hinteren Ecken des Raumes zum Tatort führte. Die Spuren zeigten ihm, dass wahrscheinlich hier der Täter gestanden und auf seine Opfer gewartet hatte. Ein ovaler Abdruck am Boden, das konnte ein kleiner Kanister gewesen sein, vielleicht mit Benzin gefüllt.

Dann fiel ihm etwas Überraschendes auf. »Herr Wilden, schnell! Schauen Sie sich das einmal an.«

Gerald stieß zischend die Luft aus, als er Rudloffs Fund in Händen hielt. »Verdammt noch mal, wie ist der bloß an den Dolch gekommen? Der war doch bis gestern noch in meinem Büro!«

»Also, Wolf kann das unmöglich gewesen sein«, stellte Werner Flöhring fest und schaute Dirk Strawatzki herausfordern an.

»Was soll das?«, entgegnete dieser vehement. »Natürlich kann er das nicht gewesen sein. Aber haben Sie schon mal die Möglichkeit in Betracht gezogen, dass er Komplizen hat?«

»Klar«, konterte Rudloff, »und der hat nichts Besseres zu tun, als seinen Mann zu belasten. Das passt doch überhaupt nicht zusammen.«

»Trara!«

Verwundert wandten sich die Ermittler Gerald Wilden zu, der mit dem Dolch herumschwenkte, als hielte er eine Siegestrophäe in der Hand. »Unser Klient hat seinen ersten richtigen Fehler gemacht. Das sind ganz famose Fingerabdrücke. Und ich kann ihnen schon jetzt sagen, sie stammen sicherlich nicht von unserem Kollegen Krüger. Die kenne ich mittlerweile schon auswendig. Aber es kommt noch besser ...« Während Gerald sprach, kramte er mit der linken Hand in seiner Jackentasche und holte ein zerknittertes Stück Papier heraus. »Ich wette zehn zu eins, dass die mit denen hier genau übereinstimmen.«

Gerald Wilden hatte die Angewohnheit, heimlich Fingerabdrücke von all den Personen zu sammeln, mit denen er zu tun hatte. Er ging dabei so geschickt vor, dass es bisher noch niemandem aufgefallen war, selbst Rudloff nicht. Als Maximilian Peters in seinen Kreis der verdächtigen Personen aufstieg, hatte er auch hier keine Ausnahme gemacht.

Bei ihrem Aufbruch hatte er allerdings gerade noch Zeit, den Zettel mit dessen Abdrücken hastig in die Jackentasche zu stecken, wobei er etwas in Mitleidenschaft geriet. Trotzdem war bald allen klar, wer hier seine Hand an den Dolch und an so manch andere Dinge gelegt haben musste.

Bruder Andreas

Bruder Andreas zog die Augenbrauen hoch und legte die Stirne in Falten. Dabei suchte er angestrengt den Weg rückwärts in der Zeit. Wie lange war das schon her? So wie er da stand, hätte ihn wohl niemand als Ordensbruder erkannt. Lässig in Jeans und Sweatshirt gekleidet und statt einer Tonsur eine modische Kurzhaarfrisur. Dabei war er beileibe keine exotische Randerscheinung seiner Ordensgesellschaft, da gab es noch ganz andere Typen. Diese Freiheiten hatten ihm von Anfang an imponiert. Die Salvatorianer ließen durchaus Raum für individuelle Lebensgestaltung.

Trotzdem achtete er darauf, nicht allzu sehr aus dem Rahmen zu fallen. Was ihm bei einer Größe von fast zwei Metern und einer Schulterbreite, die jedem Footballspieler zur Ehre gereicht hätte, nicht so ganz gelang. Ganz im Gegensatz dazu stand seine weiche, warmherzige Stimme, die sofort den empfindsamen Menschen verriet, der sich hinter dem Koloss verbarg. Dass er nebenbei Gedichte und Kurzgeschichten schrieb, wusste aber außer ein paar sehr engen Vertrauten niemand.

Der Anruf von eben hatte in ihm vergessene Erinnerungen geweckt. Gut sieben Jahre war es nun her. Eigentlich sogar neun, denn die Zeitrechnung in dieser Sache hatte für ihn mit der Übernahme der Bewährungshilfe für eine Gruppe von Kleinkriminellen angefangen.

Fünf Männer und eine Frau.

In der Erinnerung an die Gesichter, die Schicksale, die dahinter standen, die Prägungen durch völlig verkorkste

Kindheits- und Jugendzeiten bei den meisten von ihnen, aber auch den vergeudeten Talenten und Gelegenheiten, seufzte er tief auf. Es ist nicht richtig, einen Menschen von vorne herein zu verurteilen, trotzdem konnte er schon nach ihrem ersten Vorstellungsgespräch sagen, wer von ihnen den Schritt zurück in die Gesellschaft und damit in das, was man allgemein unter einem normalen Leben verstand, schaffen würde, und wer nicht.

In dem Job musste man zuerst lernen, kleine Brötchen zu backen. Ganz kleine. Er hatte sein Bestes getan, jedenfalls hatte er es versucht. Und nach einem Jahr intensiver Betreuung hatte er sich fast der Illusion hingegeben, dass sie alle eine reelle Chance zum Ausstieg aus der Kriminalität hatten. Vordergründig war das auch so. Aber tatsächlich bestanden immer noch die alten Verbindungen und Abhängigkeiten, genauso wie der unersättliche Wunsch nach Anerkennung und Wertschätzung, den ihnen die »normale Gesellschaft« nach ihrem Sündenfall aber nur sehr zögerlich zu geben bereit war.

Einer nach dem anderen waren sie umgefallen, in den Jahren nach ihrem Jahr. Bis auf seinen hoffnungsvollsten Anwärter, Kees van der Hokk. Der Kleindealer war zwar rückfällig geworden, hatte sich dann aber doch noch berappelt und war zunächst auf dem besten Weg, zu sich selbst und einem besseren Leben zu finden. Doch eine grausame Tat hatte diesem hoffnungsvollen Weg ein Ende bereitet.

Bruder Andreas lebte zwar in einem Kloster, war aber damit nicht abgeschirmt von dem, was in der Welt vor sich ging. Ganz im Gegenteil. Die Ordensgemeinschaft der Salvatorianer, der er angehörte, verstand sich als eine Gesellschaft, deren Aufgabe im Wirken für die Menschen um sie herum lag. Sie betrieb eine Vielzahl von Schulen, Internaten, Krankenhäusern und Heimen für soziale Randgruppen.

Er selbst hatte einige Jahre in Euskirchen als Sozialarbeiter mit dem Schwerpunkt Jugend- und Kleinkriminalität gearbeitet. Erst die Kürzung der öffentlichen Zuschüsse für seine Stelle holte ihn wieder zurück in die Mauern seines Klosters. Hier, in Steinfeld und im benachbarten Urft, arbeitete er wechselweise als Betreuer für die Internatsschüler am Gymnasium und die jugendlichen Problemfälle im Hermann-Josef-Haus.

Die Arbeit brachte ihm Befriedigung, auch wenn es dabei immer noch meist kleine Brötchen waren, die er backen konnte. Besonders bei den als schwer erziehbar eingestuften Kindern und Jugendlichen in Urft. Er sah sie eher als Kämpfer unter erschwerten Bedingungen. Die Vorgeschichten, die sie mit sich trugen, würden so manch einen der selbst ernannten Erziehungsexperten, die sich immer wieder über das »Pack da oben« monierten, hoffnungslos überfordern.

Hin und wieder bekamen sie Besuch von einem ehemaligen Schwererziehbaren, der es trotz der Widrigkeiten, mit denen er zu kämpfen hatte, geschafft hatte. Das war für ihn jedes Mal wie ein kleines Licht, das ihm eine Weile Kraft und Mut gab. So etwas hätte er im Moment sehr gut gebrauchen können, stattdessen erfuhr er, dass mittlerweile keiner der Kandidaten von damals mehr lebte. Ein irrer Killer hatte sie der Reihe nach auf bestialische Art umgebracht.

Und damit nicht genug. Der Polizist, der ihn gerade eben angerufen hatte, war der Meinung, dass er, aus welchem Grund auch immer, der Nächste auf der Liste dieses Wahnsinnigen sei. Sein Verstand weigerte sich hartnäckig, das zu glauben, aber der Beamte hatte darauf bestanden, sich mit ihm zu treffen. Außerdem könnte er an der Aufklärung des Falles mithelfen. Es gäbe da eine Reihe von Fragen, die er ihm allerdings nur direkt unter vier Augen stellen wollte.

Daher hatte er mit ihm einen Treffpunkt ausgemacht. Einen sehr eigenwilligen Treffpunkt für eine polizeiliche Befragung, wie Bruder Andreas fand; die Görresburg bei Nettersheim. Und noch dazu in den späten Abendstunden.

Ergeben seufzte er noch einmal und wandte sich zur Anmeldung. Er musste sich für heute Abend einen der Wagen reservieren, die dem Kloster gehörten. Hoffentlich war noch einer frei.

Plan B

»Scheiße! Scheiße! Scheiße!«

Maximilian spürte, wie ihm eine unsichtbare Hand die Kehle zudrückte. Er hatte einen Fehler gemacht. Nicht einfach nur einen kleinen Fehler. Nein! Einen richtigen groben Schnitzer. Genauso gut hätte er auch seine Visitenkarte hinterlassen können!

Als er heute Morgen den Dolch aus seinem Wagen holen wollte und ihn nicht auf Anhieb fand, dachte er noch an ein kleines Versehen. Er hatte ihn wohl gestern schon mit in seine Wohnung genommen und das vergessen. Eine gute halbe Stunde später, nachdem er vergebens alles auf den Kopf gestellt hatte, war der Gedanke in seinem Kopf aufgetaucht, dass er sich weder daran erinnern konnte, den Dolch in die Wohnung mitgebracht, noch daran, ihn in seinem Wagen verstaut zu haben. Der Kanister und die Handschuhe hatten heute Morgen noch im Kofferraum gelegen. Aber dieser verdammte Dolch war nirgendwo aufzutreiben.

Eine weitere halbe Stunde später erschienen dicke Schweißtropfen auf seiner Stirn. Plötzlich wusste er mit einer kalten Klarheit, die ihm die Luft abschnürte, dass er den Dolch am Tatort hatte liegen lassen, und was noch schlimmer wog, er hatte ihn vorher mit bloßen Händen angefasst und nicht wieder gründlich gesäubert.

Ein kurzer Anruf bei der Polizeidienstelle in Euskirchen, unter dem Namen eines Kollegen, verschaffte ihm Gewissheit.

Er hatte den Dolch, die Tatwaffe, nicht nur am Tatort vergessen, er hatte auch noch eindeutig identifizierbare Fingerabdrücke hinterlassen. Zur Zeit lief eine Ringfahndung nach ihm, sämtliche Einheiten hatten die Order, ihn sofort dingfest zu machen. Dass sie ihn nicht schon lange geschnappt hatten, verdankte er einzig dem Umstand, dass niemand etwas von seiner kleinen aber exquisiten Zweitwohnung hier wusste.

Panik stieg wie ein kalter, harter Kloß in ihm hoch, als er den Hörer wieder auflegte. Ich bin verloren!, schoss es ihm durch den Kopf. Seine Festnahme konnte nur noch eine Sache von Stunden sein.

Aber er wäre nicht Maximilian gewesen, wenn er sich nicht schon recht bald wieder unter Kontrolle gehabt hätte. Wenn Plan A nicht klappte, musste eben Plan B herhalten. Während er überlegte und Schritt für Schritt seine Vorgehensweise plante, beobachtete etwas in ihm mit Abscheu, aber auch Bewunderung, die Flexibilität und die kriminelle Energie des Menschen.

Maximilian führte mehrere Telefonate und legte sich dann für ein paar Stunden aufs Ohr. Heute Abend sollte das große Finale steigen, da musste er topfit sein.

* * *

Grahn wurde wieder einmal in dem Beschluss bestärkt, diese gefährliche Spezies auszulöschen. Vorsichtig, um nicht aufzufallen, lenkte er die Gedanken des Mannes, der sich Recht und Ordnung verpflichtet hatte, sie jedoch um so mehr mit Füßen trat, in die gewünschte Richtung. Als der Plan stand, war auch er zufrieden. Er würde beizeiten das Seine dazu beitragen, um das Vorhaben abzuschließen. Allerdings nicht ganz im Sinne seines Wirtes. Er hatte nicht vor, den Menschen seiner gerechten Strafe zu entziehen. Nicht umsonst hatte Grahn dafür gesorgt, dass Maximilian vergessen hatte, die Tatwaffe mitzunehmen.

Aber zuerst mussten sie alle zusammengebracht werden. Der letzte der Zeugen, dieser Bruder Andreas, ein Mann, der sich Armut, Gehorsamkeit und Keuschheit verpflichtet hatte und dessen Gedanken doch voller Eigensinn waren, Wolf Krüger, der Polizist, der damals mitgeholfen hatte, den Unfall zu vertuschen, Maximilian Peters, der Polizist, der im kriminellen Milieu das Mehrfache seiner Dienstbezüge verdiente und der mehr als gnadenloser Drahtzieher räuberischer Banden gefürchtet war denn als Gesetzeshüter. Dirk Strawatzki, der vom Ehrgeiz zerfressene anonyme Alkoholiker, Gerald Wilden, der heimlich Fingerabdrücke seiner Kollegen nahm und katalogisierte, Werner Flöhring und Lothar Reims, die beide mehr oder weniger nur noch auf ihre Pensionierung warteten, und natürlich auch Jürgen Rudloff, der Sonderling. Ihm war fast jedes Mittel recht, wenn er damit sein Ziel erreichen konnte. Außerdem manipulierte und log er gegen seine eigene Überzeugung.

Jeder einzelne ohne Ausnahme ein gefährlicher rücksichtsloser Egoist. Für keinen von ihnen wäre in der Gesellschaftsform, die das Programm Grahn anvisierte, Platz gewesen.

Sie waren seine Opfer, an denen er sich vor der endgültigen Auslöschung der Menschheit noch ein letztes Mal gütlich tun würde. Danach, das wusste er, würde es bis zur Ankunft seiner Erbauer keine weitere höhere Lebensform auf der Erde geben.

Der Bau der Schaltung in Aachen stand unmittelbar vor dem Abschluss, davon hatte er sich persönlich überzeugen können. Gerald Wilden hatte die beiden letzten Bauteile in den Wolfstatzen entdeckt und nach Aachen weitergeleitet. Das eine sollte dafür sorgen, dass die von der Schaltung ausgehenden Funkwellen die richtigen Längen hatten. Das andere war ein Chip, ein Speicherelement, so vorbereitet, dass es ihn, Grahn, als Steuerungsprogramm aufnehmen konnte. Er würde dafür sorgen, dass die Botschaft der Schaltung auch tatsächlich das gewünschte Ereignis auslöst.

Entscheidung auf der Görresburg

Die Zelle war bedrückend eng und gerade mit dem Nötigsten ausgestattet. Eine harte Liege, ein Stuhl, ein kleiner Tisch, ein Klo und ein kleines, vergittertes Fenster, ansonsten nur kahle Wände. Es wurde penibel darauf geachtet, dass hier nichts hereinkam, mit dem man sich selbst umbringen konnte. Kein Messer, egal wie klein, nichts, was eine Spitze hatte, kein Seil, keine Krawatte, kein Gürtel. Bei den Insassen in diesem Trakt war die Suizidgefahr schon immer ein ernst zu nehmendes Problem gewesen.

Wolf hätte sich nie träumen lassen, dass ausgerechnet er einmal hier landen würde.

Die Mitarbeiter der Haftanstalt behandelten ihn mit Respekt, trotzdem konnte er spüren, dass sie irritiert, ja verunsichert waren. Ein Polizist unter Mordverdacht – das kam ja auch nicht alle Tage vor. Vor allem, wenn es ein Kollege war, der hier sonst ein und aus ging. Schon um ihn vor Repressalien der anderen Häftlinge zu schützen, hatten sie ihn in eine Einzelzelle gesteckt.

Wolf selbst wusste mittlerweile nicht mehr, wie er sich fühlen sollte. Es war alles so schnell gegangen, dass er noch keine Gelegenheit gehabt hatte, sich auf diese Situation einzustellen. Daran war nur Dirk Strawatzki schuld. Irgendwie hatte er es geschafft, den Untersuchungsrichter trotz der dünnen Beweislage davon zu überzeugen, dass Wolf unter dringendem Tatverdacht stand und akute Fluchtgefahr bestand. Absoluter Irrsinn in Wolfs Augen. Er hatte Eigentum und Familie, außerdem gab es keine Zeugen seiner angeblichen Taten, nur ein Fingerabdruck und eine

Namenseintragung, die ja durchaus auch gefälscht sein konnte.

Was heißt ›sein konnte‹? Sie war gefälscht!

Wolf atmete mehrfach tief ein und aus, um sich zu beruhigen. Kein Grund zur Panik. Es würde sich sicher bald alles aufklären, schließlich waren ja neben Strawatzki auch einige fähige Leute an der Auflösung dieses Falles beteiligt.

Außerdem hatte es gestern einen weiteren Mord gegeben. Einen Doppelmord, den er nachweislich nicht begangen haben konnte. Gerald und Rudloff waren vor kurzem bei ihm gewesen. Keiner von ihnen glaubte mehr an seine Schuld. Sie wollten sich sofort um seine Freilassung kümmern, die nur noch eine Sache von Stunden sein konnte. Trotzdem spürte Wolf kaum Erleichterung, dafür saß der Schock zu tief, den er erlitten hatte, als er erfuhr, wer die Morde tatsächlich begangen hatte. Marion hatte Rudloff den entscheidenden Hinweis geliefert.

Wolf fühlte sich hin- und hergerissen, einerseits graute es ihm bei der Vorstellung, dass ein Mensch, der solche Morde beging, bei ihm ein- und ausgegangen war. Andererseits, Maximilian, sein Kollege, mit dem er seit Jahren zusammenarbeitete, als meuchelnder Psychopath? Kaum vorstellbar. Und doch, es passte alles verdammt gut zusammen. Er war in letzter Zeit sehr oft allein unterwegs gewesen. Der Dolch, die Tatwaffe, hätte durchaus zu seiner Waffensammlung gepasst. Als enger Kollege war er auch in der Lage, an Informationen über ihn und Kai Thieme heranzukommen.

Und das Motiv? Es versetzte Wolf einen schmerzhaften Stich, als sich das letzte Puzzleteil in seinem Kopf einfügte. Seit über einem Jahr jagte er hinter einer undichten Stelle in den eigenen Reihen her. Er war stutzig geworden, als er eher zufällig die Statistiken der letzten Jahre verglichen hatte. Die

Aufklärungsrate, besonders bei den größeren Delikten, hinter denen straff geführte Organisationen zu vermuten waren, war drastisch gesunken. Das fiel nur deshalb nicht auf, weil die Anzahl der kleinen Gauner und Gelegenheitstäter, die ihrer Tat überführt worden waren, gleichzeitig angestiegen war. Aus Vorsicht hatte er niemandem etwas von seinen Ermittlungen erzählt, auch Maximilian nicht. Schließlich hätte auch er der gesuchte Verräter in den eigenen Reihen sein können.

»Hätte!«, stieß Wolf mit einem bitteren Lachen hervor.

Das Klirren von Schlüsseln, ein Kratzen am Türschloss und das anschließende leise Quietschen der Tür, die von außen geöffnet wurde, riss ihn aus seinen trüben Gedanken.

»Herr Wolf, wir haben gerade ein Fax vom Untersuchungsrichter bekommen. Sie sind frei und dürfen jetzt nach Hause gehen. Außerdem ist gerade ein Anruf mit einer dringenden Nachricht für Sie eingegangen.« Der Wärter grinste ihn freundlich gönnerhaft an und drückte ihm einen Zettel in die Hand.

Görresburg Nettersheim, heute Abend 22.00 Uhr.

»Von wem kam der Anruf?«

Wolf konnte an den Falten auf der Stirn erkennen, dass der Wärter angestrengt nachdachte. Schließlich schüttelte der Mann aber den Kopf. »Tut mit Leid, er hat seinen Namen so schnell und undeutlich ausgesprochen, dass ich ihn nicht behalten habe. Er sagte aber, dass er ein Kollege von Ihnen sei und Sie wüssten, worum es sich handele.«

Zehn Minuten später hatte Wolf seine eigenen Sachen angezogen und schaute auf die Uhr: Viertel nach acht. Gerade mal Zeit, nach Hause zu fahren und die frohe Nachricht zu verkünden. Ganz kurz kam ihm der Gedanke, dass um diese Uhrzeit doch eigentlich niemand im Gericht arbeite. Dann aber sagte er sich, der Untersuchungsrichter müsse wohl eine Sonderschicht eingelegt haben, offenbar war ihm die ganze Sache verdammt peinlich.

Zuerst rief er Marion an. Die Erleichterung in ihrer Stimme war nicht zu überhören. Wolf kam es in den Sinn, dass sie vielleicht nicht immer an seine Unschuld geglaubt hatte. Als sie ihn direkt nach seiner Einlieferung besuchte, wirkte sie sehr verunsichert. Aber war es ihr zu verdenken? Bei dem Chaos, dass sich in den letzten Tagen abgespielt hatte?

Marion tauchte eine halbe Stunde später auf. Als er ihr eröffnete, dass er sich noch mit jemandem treffen müsse, schaute sie ihn missbilligend an.

»Hat dieser Fall uns nicht schon genug Sorgen gemacht? Da können sich doch deine Kollegen drum kümmern.«

Wolf schüttelte den Kopf. »Es ist noch nicht ausgestanden. Maximilian ist noch auf freiem Fuß und es gibt noch ein potentielles Opfer. Ich will nicht noch einen Toten.«

»Und ich will nicht, dass dir etwas passiert. Ruf diesen Rudloff an.«

Aber Rudloff war auch auf seinem Handy nicht zu erreichen. Je nachdem, wo er sich gerade befand, konnte er in einem Funkloch stecken. Und die anderen Kollegen der Sonderkommission waren alle unterwegs und ebenfalls nicht erreichbar.

Als sie zu Hause eintrafen, zog Wolf sich um und machte sich anschließend sofort auf den Weg zur Görresburg. Es war mittlerweile zwanzig vor zehn.

»Sind sie sicher, das ein solches Experiment nicht gefährlich werden könnte?«

Jürgen Rudloff hörte mit Erstaunen und einem unguten Gefühl den Ausführungen Hans Werners zu. Nachdem der Aachener Wissenschaftler den Empfang der letzten Funde, bei dem es sich tatsächlich um zwei weitere Bauteil für die Schaltung handelte, bestätigt hatte, erzählte er voller Begeisterung, dass die Schaltung nun zu einem funktionsfähigen Gerät fertig montiert sei.

»Ich hab alles noch mal überprüft, es passt perfekt zusammen. Das Einzige, was jetzt noch bleibt, ist das Gerät einzuschalten und zu sehen was passiert.«

Das war die Stelle an der bei Rudloff einige Alarmglocken klingelten. Es war kein guter Geist, der ihnen die Bauteile zu dem Gerät geliefert hatte. Das Beste, was passieren konnte, wenn man es einschaltete, war, dass nichts passierte. Was aber, wenn damit ein zerstörerischer Mechanismus in Gang gesetzt wurde?

»Herr Werners, ich rate Ihnen dringend davon ab, etwas Unüberlegtes zu tun«, schloss er schließlich das Gespräch mit dem Wissenschaftler ab, aber er hatte das Gefühl, dass der Mann ihn nicht ernst nahm.

Er hatte aber im Moment keine Zeit sich darum weiter zu kümmern. Es gab jetzt weitaus Wichtigeres zu tun.

Dazu gehörte auch das Präzisionsgewehr, das er gerade mit geübten Handgriffen zusammenbaute. Die Waffe war absolut zuverlässig und wie immer einwandfrei in Schuss.

Er war sämtliche Morde nochmals durchgegangen, hatte sich vor Augen geführt, welche Eigenschaften und Kräfte ein Mensch haben musste, um so schnell und präzise arbeiten zu können. Besonders der letzte Fall hatte ihn in seiner Überlegung bestärkt. Der Gerichtsmediziner hatte bei beiden Opfern jeweils einen winzigen Einstich im Rückenmark entdeckt, der sie nicht getötet, aber gezielt bewegungsunfähig gemacht hatte. Ansonsten waren, abgesehen von den Verbrennungen, keine Spuren eines Kampfes oder einer Gewalteinwirkung zu erkennen.

Maximilian Peters hatte den beiden Luden allein gegenübergestanden, das war aus den Spuren herauszulesen. Dann waren da noch seltsam verwischte Schlieren im Staub, so als hätte ein heftiger Wirbelsturm alles durcheinander gewirbelt. Aber nur auf einem sehr begrenzen Stück. Ein Wirbelsturm? Oder jemand, der sich mit sehr hoher Geschwindigkeit vorwärts bewegt hatte. Mit einem für Menschen eigentlich unerreichbaren Tempo.

In seiner Vergangenheit hatte er so etwas bereits erlebt. Eine Frau in einem Zustand, der in früheren Tagen als »Besessenheit« bezeichnet wurde. Sie war unglaublich schnell gewesen, verfügte über enorme Kräfte und war nicht zu bezwingen, auch für ihn nicht. Für solche Fälle musste man sich eine besondere Art von »Lebensversicherung« bereithalten.

Gerald Wilden, der leise herangetreten war, schaute mit einer Mischung aus Faszination und Entsetzen auf die kalte Waffe in Rudloffs Hand. Sie strahlte eine brutale Endgültigkeit aus, die ihn schaudern ließ. »Meinen Sie, dass das nötig ist?«

Der Spezialist für Spurensuche hatte mittlerweile genug Informationen gesammelt um zu wissen, dass hier besondere Kräfte am Werk waren, und sein Verstand war offen genug, auch ungewöhnliche Schlussfolgerungen zu akzeptieren. Rudloff hatte beschlossen, ihn zu dem Treffen mit Peters mitzunehmen. Rudloff wusste nun, wie gefährlich ihr Gegner wirklich war und wollte so wenig Menschen wie möglich einer Konfrontation mit dem, was Maximilian Peters darstellte, aussetzen. Aber alleine zu fahren war nicht nur leichtsinnig und gefährlich, es war auch verantwortungslos. Sollte ihm etwas zustoßen, musste jemand da sein, der den Rest des Teams, besonders Wolf Krüger, warnte.

Nach Wolf blieb ihm nur Wilden als geeigneter Kandidat für eine Begegnung mit dem Unerklärlichen übrig.

Natürlich waren sie nicht pünktlich, sondern eine ganze Stunde zu früh erschienen. So hatten sie Gelegenheit, das Feld zu sondieren und ihre Vorbereitungen zu treffen. Ihren Wagen hatten sie unterhalb des Steilhanges am Fuß des Hügels geparkt, auf dessen Kuppe sich die restaurierten Grundmauern des einstigen römischen Tempelbezirkes befanden.

Es war Anfang November und bereits empfindlich kalt. Der Tag hatte sich mit trüben Nebeln und einem düsteren Abendhimmel verabschiedet. Finsternis senkte sich wie ein dunkles Tuch auf das erstarrte Wellenmeer der Hügel und Täler herab und verwischte den Flickenteppich der Wiesen und Wälder zu einem schwarzen Filz, aus dem nur hier und da die Kronen vereinzelter Bäume ragten.

Die Tempelanlage hatte einst aus einem Haupt- und zwei Nebengebäuden bestanden. Sie wurde von einer Mauer eingefasst, die an zwei Seiten eine Öffnung hatte. Die Gemeindeverwaltung hatte die Grundmauern bis auf eine Höhe von gut einem Meter mit den in der Umgebung gefundenen Bruchsteinen wieder aufbauen lassen. Vor dem Hauptgebäude waren die Repliken zweier Stelen aufgestellt worden, die die damals hier verehrten Gottheiten, drei weibliche Matronen, darstellten. Blumengebinde, billiger Schmuck und ein paar Pfennige, die auf den herausgearbeiteten Figuren lagen, zeugten davon, dass hier immer noch, wenn auch eher im Spiel, Opfer gebracht wurden.

Rudloff konnte die Atmosphäre dieser ehemals geheiligten Stätte geradezu körperlich spüren. Es steckte immer noch viel Kraft in diesem Ort. Eine gute und beschützende Kraft. Seltsam, dass Peters, oder besser das Wesen, das sich nach seiner Vermutung in dem korrupten Polizisten eingenistet hatte, sich ausgerechnet hier mit ihm treffen wollte. Er wusste ja nicht, dass Grahn noch eine alte Rechnung zu begleichen gedachte.

Die Römer hatten ihren Tempel auf einem schwer einsehbaren Standort gebaut, der gleichzeitig gute Sicht auf jene bot, die sich ihm näherten.

Als die Lichter eines Fahrzeugs auftauchten, das sich von Nettersheim kommend, langsam den Berg hoch tastete, gab er Wilden Anweisung, sich zurückzuziehen.

Dirk Strawatzki tobte.

Nicht genug, dass dieser Rudloff ständig unkontrolliert in der Gegend herumreiste und ihn bei seinen Ermittlungen behinderte. Jetzt hatte er auch noch dafür gesorgt, dass man seinen Hauptverdächtigen auf freien Fuß setzte.

Der ganze Quatsch mit diesem anderen Polizisten, den Wilden aus dem Hut gezaubert hatte, war ihm immer noch suspekt. Das wirkte ihm einfach zu konstruiert. Nein, sie hatten ihren Täter gehabt, und wenn man ihn gelassen hätte, hätte er schon den Namen des Komplizen aus ihm herausbekommen.

Jetzt hatten diese Idioten alles durcheinander gebracht. Gerade eben hatte der arme Kerl, den sie neuerdings verdächtigten, dieser Maximilian Peters, bei ihm angerufen. Der Kollege war völlig verzweifelt, was Strawatzki gut verstehen konnte. Da braute sich ein riesiges hinterhältiges Komplott über dem Mann zusammen, und der Einzige, an den er sich wenden konnte, der Einzige, der in diesem Chaos noch den Überblick behielt, war er, Dirk Strawatzki. Peters hatte recht daran getan, sich an ihn zu wenden. Er würde diesen Fall lösen und die wahren Schuldigen hinter Schloss und Riegel bringen.

Das würde sich auch verdammt gut in seiner Akte machen.

Entschlossen kramte Strawatzki ein Handy aus der Tasche seines Jacketts und tippte die Nummer von Werner Flöhring ein. Auch wenn sie nicht ganz einer Meinung waren, was die Rolle von Wolf Krüger in ihrem Fall betraf, er brauchte dringend Unterstützung bei dem, was er vorhatte. Gemeinsam mit Lothar Reims waren sie zu dritt. Das dürfte reichen, den ahnungslosen Mörder auf frischer Tat zu erwischen.

Sie würden sich zu dritt auf den Weg zur Görresburg machen und dort verhindern, dass der letzte der Zeugen, Bruder Andreas, auf eine neuerlich grausige Art hingerichtet würde.

Maximilian Peters hatte ihm geraten, ein Auge auf den Salvatorianer zu werfen. Und tatsächlich, als er sich im Kloster Steinfeld erkundigte, erfuhr er, dass sich dieser mit einem Polizeibeamten treffen wollte, abends um zehn Uhr auf einem abgelegenen Gelände. Der Pförtner des Klosters konnte ihm sogar den Namen des Polizeibeamten nennen, der Bruder Andreas zur Görresburg bestellt hatte.

Für Strawatzki verflog damit jeder Zweifel, an Maximilian Peters Unschuld. Bruder Andreas war aber leider schon unterwegs und nicht mehr zu erreichen.

Gott sei Dank hatte er bei Werner Flöhring und Lothar Reims mehr Glück. In einer knappen Viertelstunde wollten sie da sein. Dann wurde es aber auch Zeit, dass sie losfuhren. Der Zeiger der Uhr, die sich an der Wand oberhalb der Tür zu seinem Büro befand, zeigte auf Viertel nach neun und um zehn Uhr wollte sich der Mörder mit seinem Opfer treffen. Draußen, in der Dunkelheit der Eifel, an einem Ort, an dem einst heidnische Bräuche zelebriert wurden.

Wer weiß, dachte Strawatzki, vielleicht wurden dort auf der Görresburg früher einmal Menschenopfer dargebracht. Er schauderte bei diesem Gedanken. Ein Glück, dass er in eine zivilisierte, aufgeklärte Zeit hineingeboren war. Auch wenn das der ungebildete Teil der Menschheit noch nicht wahrgenommen hatte. Die Zeit der Geister und Dämonen war ein für allemal vorbei.

Marion stützte sich Halt suchend am Küchenschrank ab. Was war denn das? Im ersten Moment dachte sie, dass die Wehen eingesetzt hätten. Aber das war viel zu früh. Es war noch Wochen hin bis zu ihrem Termin. Dann passierte es erneut. Ein Gefühl panischer Angst, das ihren ganzen Körper durchdrängte.

Wolf! Er war in Gefahr, in großer Gefahr.

Marion fühlte, wie Verzweiflung und Wut in ihr miteinander rangen. Jetzt, da alles sich zum Guten wenden sollte, ihr Mann entlastet und der wahre Täter bekannt war.

Es war schon kein Gefühl mehr, sondern Gewissheit. Wolf war auf dem Weg in seinen Tod. Warum hatte sie ihn nicht energischer daran gehindert, zu diesem ominösen Treffen zu fahren?

Marion richtete sich auf und blickte auf die Uhr. Noch war es nicht zu spät. Ganz egal, was für ein Scheusal dieser Maximilian war, sie würde sich von ihm nicht die Familie kaputtmachen lassen.

Und kurz darauf saß sie im Wagen ihrer Nachbarin und raste in einem Tempo durch das Dorf, dass man eher einen jugendlichen Selbstmörder als eine schwangere Mutter hinter dem Steuer vermutet hätte.

Bruder Andreas lenkte den Wagen vorsichtig über den geteerten Feldweg. Wenn die Beschreibung des Pförtners, der sich in diesem Teil der Eifel auskannte wie in seiner Westentasche, zutraf, dann mussten sich am Ende der Steigung ein kleines Schild und ein Fußpfad befinden, der vor einer dichten Hecke rechts abging.

Trotz der zunehmenden Dunkelheit fand er die beschriebene Stelle auf Anhieb und parkte den Wagen auf der gegenüberliegenden Seite an der Zufahrt zu einer Weide. Er schaltete den Motor ab und blieb eine Weile sitzen, um die Spannung, die sich beim Fahren aufgebaut hatte, wieder abklingen zu lassen.

Dann nahm er die große *Maglight,* die er vorsichtshalber eingesteckt hatte, zur Hand. In der Not konnte er die massive Stablampe auch als Waffe benutzen.

Das Erste, was ihm auffiel, war die Stille. Selbst für die Eifel war es hier erstaunlich ruhig, fast so, als wäre alles dick in Watte eingepackt. Gleichzeitig spürte er eine auf seltsame Art unheimliche Stimmung, die dieser Ort auszuströmen schien. Es war nicht direkt bedrohlich, eher fremd, so als würden neugierige, aber wohlwollende Augen ihn beobachten. Bruder Andreas sprach im Stillen ein kurzes Gebet – das geschah automatisch, unbewusst –, knipste die Lampe an und taste sich vorsichtig die schmale Rille des ausgetrampelten Fußpfades hoch zur Görresburg, der Stätte früheren heidnischen Treibens.

Lächelnd schüttelte er den Kopf. Hier war nichts getrieben worden, hier hatte man Gott verehrt, in der Form, in der ihn die Menschen von damals gesehen hatten. Das durfte man nicht als bösartiges Treiben abtun.

»Halt! Stehen bleiben! Wer ist da?«

Andreas' Herz schien einen Schlag auszusetzen, als ihn die energische Stimme aus der Dunkelheit anrief. Der Befehl stehen zu bleiben war gar nicht nötig. In seinem Schreck war er gar nicht in der Lage, auch nur einen Schritt weiterzugehen.

»Ich bin Bruder Andreas«, keuchte er schließlich nach ein paar heftigen Atemzügen. »Mann, haben Sie mich erschreckt! Sind Sie der Polizist, der mich heute Nachmittag angerufen hat?«

»Nein«, antwortete Rudloff wahrheitsgemäß. »Hat Ihnen der Kollege, der Sie anrief, seinen Namen genannt?«

Bruder Andreas versuchte den Mann zu beleuchten, ohne ihn zu blenden, und schaute aufmerksam in sein Gesicht. Sein Job als Sozialarbeiter hatte ihn schon mit den unterschiedlichsten Typen zusammengebracht, da lernte man zwangsläufig, Menschen auf ihre Gefährlichkeit hin einzuschätzen. Dieser hier, der sich als Ermittlungsbeamter des BKA vorstellte, passte nicht so recht in das Schema, das er sich im Laufe der Zeit zurechtgelegt hatte. Er war nicht direkt gefährlich, aber auf eine beunruhigende Art kaum einzuschätzen. Ihn hätte er lieber nicht zum Feind. Als er Rudloff erzählte, dass sich der Polizist heute Nachmittag als Wolf Krüger vorgestellt hatte, bemerkte er trotz des schlechten Lichtes ein Zucken in den Augen des Beamten.

»Das gefällt mit gar nicht«, sagte der schließlich und zog Bruder Andreas in den hinteren Teil der Tempelanlage, wo ein Durchlass in der Mauer einen Fluchtweg in südlicher Richtung öffnete. Dabei hielt er seine Augen nach Norden gerichtet, von wo sich die Scheinwerfer gleich zweier Fahrzeuge näherten.

Wolf Krüger spürte, dass er immer nervöser wurde. Seit Marmagen war dieser andere Wagen hinter ihm. Er hatte immer wieder versucht, Fahrzeugtyp und Autokennzeichen zu erkennen, aber der Kerl am Steuer hielt Abstand und bei der Dunkelheit war nichts zu sehen.

Das konnte Gott weiß wer sein. Ein unbeteiligte Dritter, der rein zufällig denselben Weg hatte, die Kollegen von der Polizei, die hinter ihm oder dem Mörder her waren, oder der Mörder selbst, der sich damit einen unschätzbaren Vorteil verschafft hatte.

»Shit!«

Er hatte extra den Umweg über Marmagen nehmen wollen, weil er vermutete, dass der Unbekannte, der ihn treffen wollte, davon ausging, dass er direkt von Nettersheim aus zur Görresburg fuhr. Seit der Wagen in Marmagen hinter ihm links in den Feldweg eingeschert und an der nächsten Kreuzung nicht abgebogen, sondern ihm geradeaus gefolgt war, hatte er die Illusion begraben, den Unbekannten überraschen zu können. Und seitdem wurde es ihm immer mulmiger. Verdammt noch mal. Er hatte noch nicht einmal eine Dienstwaffe bei sich, die lag noch immer gut verschlossen im Waffenlager der Kripo Euskirchen.

Endlich tauchte die Hecke auf, die den Weg zur Görresburg markierte. Irritiert stellte Wolf fest, dass dort bereits ein Fahrzeug geparkt war. Es war kein Wagen seiner Polizeidienststelle, die kannte er alle genau. Wolf stellte sein Auto davor ab, stieg so schnell aus, wie er konnte, und schaute angespannt nach seinem Verfolger. Er musste jeden Moment über die Hügelkuppe gefahren kommen.

Wolf konnte das Licht der Scheinwerfer erkennen, aber es bewegte sich nicht mehr. Und dann erlosch es. Ungehalten fluchend, tastete er nach seiner Hüfte – aber da war natürlich keine Waffe – fluchte nochmals, diesmal leiser, verhaltener und rannte gebückt hinter die Büsche, die den kleinen Fußweg zur Tempelanlage der Görresburg flankierten. Dabei versuchten seine Augen die Dunkelheit zu durchdringen, die auf der Hügelkuppe lastetet.

Dicke Wolken am Himmel hielten das Licht der Sterne zurück, daher wurde die Nacht nur von dem Lichtschein, der von Nettersheim herüberdrang, ein wenig erhellt. Das reichte gerade aus, einen Schritt vor den anderen zu tun; einen Gegner, der sich vor ihm versteckt hielt, konnte er jedoch beileibe nicht rechtzeitig erkennen.

Das Fatale seiner Situation war, dass er nicht wusste, aus welcher Richtung die Gefahr drohte. Dass er hier in eine

Falle getappt war, stand für Wolf in diesem Moment mit absoluter Sicherheit fest. Die Frage war nur, ob es ihm gelingen würde, heil herauszukommen. Die Mauern der Tempelanlage hoben sich dunkel vor dem Nachtblau des Horizontes ab. Daran, dass er sie überhaupt sehen konnte, bemerkte er, dass sich seine Augen langsam an die Lichtverhältnisse gewöhnten.

Plötzlich löste sich ein Schatten aus dem Dunkel und kam auf ihn zu. Das musste der Fahrer des Wagens sein, der dort unten abgestellt war. Fieberhaft überlegte Wolf, wer das sein konnte. Der unbekannte Anrufer? Möglich. Aber wer war dann sein Verfolger?

Ein Gedanke, heiß wie eine glühende Nadel, explodierte geradezu in seinem Gehirn. Er war ein Idiot! Ein armer, hirnverbrannter Idiot, der nicht nur sich selbst, sondern auch einen völlig ahnungslosen, unschuldigen Menschen mit ins Verderben riss. Jetzt wusste er auch, wer da auf ihn zukam.

»Bruder Andreas!«, rief er so laut er konnte. »Fliehen Sie! Rennen Sie weg, so schnell Sie können. Das ist eine Falle!«

Wolf rannte los, um den Ordensbruder in die richtige Richtung zu lenken – zum Südausgang, weg von seinen Verfolgern. Plötzlich riss ihm ein Hindernis die Beine unter dem Körper weg. Bevor er aufspringen konnte, legte sich etwas Schweres auf seinen Rücken und eine kalte Hand hielt ihm den Mund zu.

»Still verdammt noch mal!«, zischte ihn eine Stimme an, die er mit großer Erleichterung erkannte: Rudloff war auch hier.

Als die Männer die Schreie hörten, gab es kein Halten mehr. Ohne Rücksicht auf ihre Kleidung stürmten sie vorwärts und kämpften sich durch das dichte Gestrüpp, das sich zwischen ihnen und der Görresburg befand. Verschlungene, mit winzigen Widerhaken bewehrte Arme verblühter Himbeersträucher klammerten sich an ihre Hosenbeine, spitze Dornen der Schlehenhecke rissen Löcher in Haut und Stoff. Wurzelwerk und verwachsenes Gestrüpp suchte sie zu Fall zu bringen. Unentwegt fluchend wälzte Dirk Strawatzki seinen massigen Leib durch das Dickicht.

Es war ein Fehler, hinter der Anhöhe stehen zu bleiben und sich querfeldein durchzuschlagen. Er hatte aber auch nicht damit gerechnet, dass es Wolf so eilig haben würde, sich auf sein Opfer zu stürzen. Ströme von Schweiß schossen ihm aus den Poren.

Als der fremde Wagen in diesem Kaff Marmagen vor ihnen aufgetaucht war, hatten sie ihm zuerst keine besondere Bedeutung zugemessen. Erst als er denselben Weg wie sie zur Görresburg genommen hatte, war ihnen klar geworden, dass mit dem etwas nicht stimmte. Werner Flöhring hatte ein Nachtsichtgerät dabeigehabt, mit dem er das Nummernschild erkennen konnte. Die Überprüfung, über Funk in Euskirchen angefordert, hatte ergeben, dass das da vorne Wolf Krügers Privatwagen war. Maximilian Peters hatte Recht gehabt, und er ebenfalls. Krüger war ihr Mann.

Strawatzki hatte darauf geachtet, den Abstand groß genug zu halten, damit Krüger sie nicht erkennen konnte, und war ihm gefolgt. Als Krüger hinter der letzten Hügelkuppe vor dem Eingang zur Görresburg gehalten hatte, hatte Strawatzki seinen Wagen ebenfalls abgestellt und sich mit den beiden Beamten auf den Weg gemacht.

Dann hatten sie die Schreie gehört.

Keuchend erreichte Strawatzki endlich die andere Seite der Hecke und hatte nun die Tempelanlage direkt vor sich.

»Stehen bleiben, Polizei!«, rief er laut und gab einen Warnschuss in die Luft ab.

»Hören Sie sofort mit der Ballerei auf. Sie Idiot!«, zischte ihn eine verärgerte Stimme an, die ihm unangenehm bekannt vorkam. »Wollen Sie, dass wir alle umgebracht werden?«

Ein Licht flammte für kurze Zeit auf und zeigte Strawatzki und den beiden anderen Ermittlungsbeamten, die jetzt hinter ihm aus dem Gebüsch traten, drei Gestalten. Sie erkannten Jürgen Rudloff und Wolf Krüger. Den Dritten hatte Strawatzki noch nie gesehen, er ahnte aber, dass das der letzte überlebende Zeuge, Bruder Andreas, sein musste.

»Was machen Sie denn hier?«, fragte Strawatzki schließlich, als er sich von seinem ersten Schreck erholt hatte.

»Das Gleiche wie Sie«, antwortete Rudloff ruhig. »Blind in die Falle tappen, die Maximilian Peters uns hier gestellt hat.«

Maximilian stand ganz in der Nähe, gut versteckt zwischen dornigen Zweigen, und beobachtete das hilflose Treiben seiner Opfer. Er war schon seit langer Zeit hier oben, seit dem Nachmittag. Die Anrufe, mit denen er die Männer hierher gelockt hatte, hatte er alle von hier aus gemacht. Eine tolle Erfindung, so ein Handy.

Grahn, der Gesandte, hatte diesen Ort ausgesucht. Eine verdammt gute Wahl, wie er jetzt zufrieden feststellte. Entgegen seinen Befürchtungen hatte keiner gezögert, sich hierher auf den Weg zu machen. Die waren ja geradezu versessen darauf, ihm in die Falle zu gehen.

Rudloff, der als Erster auftauchte, hatte Vorbereitungen getroffen, die ihm klarmachten, wie gefährlich der Mann war. Aber all der Firlefanz würde ihm nichts nutzen. Den Kräften des Gesandten war kein Sterblicher gewachsen. Daran würde auch Gerald Wilden, der auf der anderen Seite auf der Lauer lag, nichts ändern können. Hier oben würde sich das Blatt wenden. Sie alle würden sterben, getötet auf bestialische Art und Weise. Und er, Maximilian Peters, würde den Mörder auf frischer Tat ertappen, wenn auch leider etwas zu spät, und ihn seinerseits in Notwehr töten. Er hatte alles so arrangiert, dass der Verdacht für all die vorhergehenden Morde auf den Kollegen fiel, der tot und mit ohnehin angeschlagenem Image, keine Chance zur Gegendarstellung hatte. Ein guter, ein genialer Plan, der nun aufging wie ein reifer Hefeteig.

Tief in Maximilians Innerem registrierte Grahn zufrieden die Beobachtungen und Gedanken seines Wirtskörpers.

Ja, er hatte diesen Ort der Begegnung und der Abrechnung ganz bewusst ausgesucht. Hier hatte er seine größte Niederlage erlitten. Aber die Kraft, die ihn damals, vor fast zweitausend Jahren abgeschmettert hatte, war bis auf einige kümmerliche Überreste versiegt. Die Matronen waren mit dem Einzug des Christentums untergegangen, aber er hatte überlebt. Jetzt war er wieder zurückgekehrt, stark wie nie zuvor und voller Gier nach Vergeltung. Er würde diesen Platz mit Menschenblut endgültig entweihen. Niemals mehr sollten sich die Geister, die hier wurzelten, aus dem Dunkel ihrer Verbannung erheben können.

Danach hätte er nur noch eine Aufgabe zu erledigen.

Knapp Hundert Kilometer weiter weg, in einem Forschungslabor der TU Aachen, näherte sich der Finger des Doktoranden Hans Werners dem kleinen roten Hebel, der den Stromzufluss zu einer seltsam geformten Platine leitete.

Aus den Bauteilen, die ihm die Polizei zur Untersuchung zugesandt hatte, hatte er mit einigen Ergänzungen aus dem gängigen Repertoire eines Elektronikers ein fertiges Gerät gebaut. Obwohl sein zur Entschlüsselung unbekannter

Schaltpläne entwickeltes Computerprogramm einige Möglichkeiten aufgeführt hatte, konnte er nicht sagen, was wirklich passieren würde, wenn er das Gerät einschaltete.

Dieser Polizist, Rudloff, hatte ihn gewarnt. Es könnte Schaden verursachen. Aber was, bitte schön, konnte ein so kleines Gerät schon anrichten?

»Nichts«, antwortete er grinsend und legte den Schalter um.

Rudloff spähte angestrengt in die Dunkelheit um sie herum. Wenn Peters vorhatte zuzuschlagen, war jetzt genau der richtige Zeitpunkt dafür. Als hätte dieser seine Gedanken gelesen, tauchte plötzlich ein Schatten vor ihnen auf. Niemand hatte ihn kommen sehen, auch Rudloff nicht.

»Das ist mir aber eine recht sonderbare Versammlung, meine Herren.« Kalter Spott lag in Peters Stimme.

Wolf spürte, wie sich seine Nackenhaare aufrichteten. Jahrelang hatte er mit dem Kollegen zusammengearbeitet, ihm auf engstem Raum gegenübergesessen, aber mit dieser Stimme hatte er ihn noch nie reden hören. Ist es möglich, dass ein Mensch sich derart verstellen kann?

Strawatzki war irritiert. Wenn Herr Peters vorhatte, ebenfalls hierher zu kommen, warum hatte er dann nichts davon gesagt? Sie hätten doch ihre Aktion viel besser koordinieren können.

Rudloffs Blick fiel auf das Kabel, das im Widerschein der Taschenlampen matt glänzte. Wie lange war Peters schon hier? Wenn er sie beobachtet hatte bei ihren Vorbereitungen, wenn er wusste, dass Wilden im Hintergrund lauerte, konnte es eng werden. Eng und gefährlich für alle Beteiligten. Er hoffte inständig, dass der Polizist nicht auf die Idee gekommen war, Wilden zuerst auszuschalten. Dann waren sie bereits jetzt so gut wie tot. Entschlossen schüttelte er den beklemmenden Gedanken ab. Ein Psychopath wie Peters brauchte Zuschauer. Wenn er von Wilden wusste, würde er ihn als Letzten töten wollen – hoffentlich. Rudloff konzentrierte all seine Aufmerksamkeit auf seinen Gegner. Er musste genau den Zeitpunkt erwischen, zu dem der Dämon, oder was auch immer sich in ihm befand, die Führung übernahm. Dann entschieden Sekunden über ihr Überleben. Er hatte Wilden mit dem Präzisionsgewähr auf einer Anhöhe einige Meter hinter ihnen postiert. Wenn es hart auf hart kommen würde, hing alles davon ab, wie schnell er und Wilden reagierten.

Peters schien die Situation zu genießen. Mit einer freundlich klingenden Stimme, die den Männern eisige Schauer über den Rücken jagte, erklärte er ihnen haarklein, was er als Nächstes mit ihnen vorhatte.

Dirk Strawatzki, der von allen am schwersten getroffen war, starrte den Kollegen fassungslos an. »Sie sind wahnsinnig!«, stieß er schließlich hervor. »Sie haben gar keine Chance, hier stehen mindestens vier bewaffnete Männer. Sie können uns nicht alle auf einmal töten!«

Peters stieß ein heiseres Lachen aus, ein frostiger, hoher Ton, der in die Schwärze der Nacht emporstieg und wie kalter Nebel auf sie hernieder fiel. »Ihr Narren, bevor ihr begreift, wie euch geschieht, werdet ihr bereits tot sein.«

Seine Hand griff nach hinten, ein metallisches Geräusch erklang und plötzlich hielt er ein blitzendes Schwert in den Händen. »Gebt nun Acht, ihr Menschen, denn dies ist der Augenblick der Offenbarung.«

An dieser Stimme war nichts Menschliches mehr. Sie schwang gleichzeitig in mehreren, unnatürlich tiefen Tonlagen und drang wie zäher, klebriger Schleim in die Körper der Männer ein, die starr vor Schreck keinen Finger rühren konnten.

Rudloff musste all seine Willenskraft zusammennehmen, um den Knopf der Fernbedienung in seiner linken Hand zu drücken.

Schlagartig wurde es taghell. Fünf Scheinwerfer ergossen ihr Licht über die Mauern der Görresburg. Sie waren so angeordnet, dass sie Peters, oder besser dem Wesen, das dessen Körper übernommen hatte, voll ins Gesicht strahlten. Er hätte eigentlich geblendet sein müssen.

Rudloff sah sich jedoch enttäuscht. Grahn, der genau wusste, was Rudloff vorbereitet hatte, war nicht auf menschliche Augen angewiesen, um seine Umgebung wahrzunehmen. Unbeirrt machte er sich ans Werk. Der dicke Chef der Truppe, Dirk Strawatzki, sollte sein erstes Opfer sein.

Rudloff hatte sich noch in einem weiteren Punkt geirrt. Ihr Überleben hing nicht von Sekunden, sondern von Sekundenbruchteilen ab. Grahn bewegte den Körper des Menschen mit einer Geschwindigkeit, die selbst den abgeklärten BKA-Beamten überraschte.

Gerald sah das Licht aufflammen und schob sich fast gleichzeitig die Sonnenbrille vor die Augen. Mit angehaltenem Atem hatte er auf dieses Zeichen gewartet. Die letzten Sekunden waren ihm wie eine Ewigkeit erschienen.

Jetzt kam es nur noch auf ihn an. Seine Augen erfassten das Bild, das sich ihm bot, mit einer Deutlichkeit, die fast schon unnatürlich war. Er meinte sogar, die Schweißperlen auf Strawatzkis Stirn erkennen zu können. Es war gut, dass er alles klar und deutlich sehen konnte, so würde er ordentlich zielen können.

Geralds Augen registrierten die Person, die in seinem Gedächtnis als Maximilian Peters eingespeichert war, ein Polizist, ein Mensch, der mordete. Aber das war nicht

Maximilian Peters. Das war irgendwer, irgendetwas anderes. Etwas Nichtmenschliches. Und es bewegte sich schnell. Zu schnell!

Verzweifelt musste Gerald mit ansehen, wie sich die Gestalt in einen trüben Schatten auflöste und im nächsten Moment hinter Dirk Strawatzki auftauchte. Ein metallisches Aufblitzen blendete Geralds Augen, dann war der Schatten schon wieder verschwunden. Geralds Finger versuchte das Ding in sein Visier zu bekommen. Aber er war viel zu langsam!

Im Vergleich zu dem, was dort vor ihm geschah, bewegte sich der Lauf des Gewehres, mit dem er Maximilian Peters Körper zu folgen versuchte, geradezu im Schneckentempo. Der Schatten tauchte hinter Werner Flöhring auf, seinem Kollegen, der vier Kinder großgezogen hatte und im kommenden Jahr seinen wohlverdienten Ruhestand antreten wollte.

Nein!, schrie alles in Gerald. Das konnte und durfte nicht wahr sein.

Dann kam der Schatten für einen Sekundenbruchteil zum Stillstand.

Gerald reagierte sofort. Mit einem erstaunlich leisen Plopp ging die Waffe los und er spürte wie der Rückstoß den Kolben des Gewehres in seine Schulter rammte.

Grahn war am Höhepunkt seiner Existenz angelangt. Dies hier war der Augenblick, für den er geschaffen war.

Der Tod dieser unbedeutenden Vertreter der gefährlichen Spezies Homo sapiens war ein symbolischer Akt für die darauf folgende Vernichtung der gesamten Menschheit.

Der Wissenschaftler in Aachen hatte in seiner Dummheit den Sender bereits in Betrieb gesetzt. Grahn spürte den leisen Drang, den die ausgesandten Wellen bei ihm auslösten. Wenn er hier fertig war, würde er den Sender vervollständigen. Sobald er den eingebauten Chip mit dem richtigen Programmablauf bestückte, würden sich der Frequenzbereich und die Amplitude des ausgesandten Signals ändern. Die Botschaft, die sie vermittelte, würde die Anlagen seiner Erbauer erreichen und deren Waffen in Gang setzen.

Innerhalb weniger Sekunden stünde der ganze Planet unter einer tödlichen radioaktivem Dauerbestrahlung.

Grahn konzentrierte sich auf seine Opfer und wurde schnell wie nie zuvor. Keiner durfte entkommen. Er hatte gerade den ersten erledigt und wollte sich an den zweiten heranmachen, als er den Menschen spürte, der ihn von einem kleinen Hügel aus aufs Korn nahm. Der Komplize Rudloffs hatte etwas, das seinen Wirtskörper verletzen und sein Vorhaben damit verhindern konnte. Diese Menschen in ihrer Überheblichkeit glaubten tatsächlich immer noch, ihn besiegen zu können.

Wie erbärmlich, wie schwach, wie langsam waren sie doch!

Bevor der Mann den Abzug der Waffe zu Ende gezogen haben würde, wäre er schon tot.

Grahn setzte den Körper seines Wirtes in Schwingung, um sich mit annähernd Lichtgeschwindigkeit auf Wilden zu stürzen.

Niemand bemerkte die zierliche Gestalt, die gerade an der Grenze zwischen dem Dunkel der Nacht und dem taghell ausgeleuchteten Bereich der Tempelanlage auftauchte. Marion war wie in Trance, als ihr Blick auf die surreale Szene fiel, die sich ihr bot.

Wolf und seine Kollegen standen reglos da, während Maximilian Peters, wie ein archaischer Krieger mit einem

Schwert bewaffnet, dabei war einen nach dem anderen abzuschlachten.

Was machte sie hier? Was konnte sie, eine wehrlose, schwangere Frau, hier tun?

Marion wusste nicht, dass genau das ihre Stärke war, dass sie die tief verborgenen Kräfte dieses heiligen Ortes auf den Plan rief.

Als Grahn die Gefahr erkannte, änderte er sofort sein Vorhaben und wandte sich der Frau zu, die wie aus dem Nichts erschienen war.

Doch da drückte ihn etwas mit ungeheurer Stärke nieder und hielt ihn fest.

Die Matronen!, erkannte er entsetzt.

Sie waren wieder hier, stärker noch als ehedem. Grahn öffnete den Mund zu einem Schrei, als die Kugel aus Wildens Gewehr ihn traf. Entsetzt registrierte er, wie er auseinander gerissen wurde. Die Welt um ihn herum explodierte in einer Kaskade reinsten Lichts, das mit glühenden Fingern nach ihm griff und ihn Stück für Stück zerfetzte. Schmerz, stärker, schlimmer als er es sich je hatte vorstellen können, überflutete sein Bewusstsein und schwemmte ihn fort in die ewige Stille.

Die Matronen sorgten dafür, dass er nicht mehr wiederkommen würde.

Grahn hörte auf zu existieren. Das Programm war für alle Zeiten ausgelöscht.

Rudloff war der Erste, der wieder zu sich kam. Unendlich erleichtert stellte er fest, dass er nicht der Einzige war, der diesen furchtbaren Angriff überlebt hatte. Wolf Krüger, Lothar Reims, Bruder Andreas, Werner Flöhring, hinter sich hörte er Wilden stöhnen. Sie hatten überlebt!

Der Kollege von der Spurensicherung hatte die Nerven behalten und sie alle gerettet.

Unbändige Freude und Triumph breitete sich in ihm aus. Dann fiel sein Blick auf die beiden reglos am Boden liegenden Körper. Dirk Strawatzki, mit sauber vom Rumpf abgetrenntem Kopf, Maximilian Peters, in unnatürlicher Verrenkung. Ein kleines rundes Loch prangte mitten auf seiner Stirn.

Für diese beiden kam jede Hilfe zu spät.

Plötzlich stieß Wolf einen lauten Schrei aus. »Marion!«

Seine Frau lag bewusstlos am Eingang der Tempelanlage. In Windeseile war er bei ihr.

Rudloff, der ihren Puls fühlen wollte, hätte ihren Arm beinahe fallen gelassen. »Alles in Ordnung«, murmelte er verlegen und zog sich zurück.

Trotzdem machte sich Wolf vor Sorgen fast verrückt, bis sie endlich zu sich kam und ihn beruhigte. »Mach dir keine Sorgen, es geht uns gut.«

Rudloff schaute die beiden an und wunderte sich über den Neid, den er beim Anblick des Paares verspürte. Aber es gab noch etwas, das ihn beschäftigte. Als er Marions Arm berührt hatte, war da plötzlich eine ungeheure Kraft, eine Präsenz, die ihn prüfend betrachtete. Er hatte dabei das Gefühl, bis in sein Innerstes durchschaut zu werden.

Und er war sich nicht sicher, ob er die Prüfung bestanden hatte.

Durch meine Schuld

Warm, weich und mit einem unvergleichlich sanften Duft ...

Wolf hielt das winzige, zerbrechliche Bündel Mensch vorsichtig in seinen Armen und wiegte es leicht hin und her. Die Geburt ihres letzten Kindes war gut drei Jahre her und er hatte fast vergessen, wie winzig so ein frisch gebackener Erdenbürger sein konnte. Ein federleichtes Häufchen Nichts, in dem doch so viel angelegt war. Anna war gerade gestillt worden. Der große Mann, den sie in den kommenden Monaten als ihren Vater kennen lernen würde, klopfte ihr leicht auf den Rücken. Wolf wollte sie nicht sofort wieder in ihr Bettchen legen und ging, das Kind sanft wiegend, im Zimmer hin und her.

Marion war heute aus dem Krankenhaus entlassen worden. Die Geburt vor knapp einer Woche war ohne Komplikationen verlaufen, das Kind voll entwickelt und gesund. Der Stress und vor allem die Ängste, die Marion in der Zeit der Euskirchener Mordserie aushalten musste, hatten zum Glück keine schädlichen Einflüsse auf den Verlauf ihrer Schwangerschaft gehabt. Inwiefern Anna durch die Turbulenzen im Hormonhaushalt ihrer Mutter geprägt worden war, konnte noch niemand sagen. Zur Zeit wirkte sie ausgeglichen und zufrieden, trank gut und schlief, wie das bei Neugeborenen üblich war, die meiste Zeit. Marion war so mit ihrer Rolle als Mutter beschäftigt, dass die vergangenen Erlebnisse für sie vollkommen in den Hintergrund getreten waren.

Nur Wolf hatte immer noch das Gefühl, einen dunklen Schatten hinter sich her zu ziehen. Nachts wälzte er sich unruhig hin und her, tagsüber versank er unversehens in einen Zustand zwischen Traum und Wachsein. Es war, als wäre er herausgeholt worden aus der Realität, um als passiver Zuschauer die Ereignisse und Banalitäten zu beobachten, die seinen Alltag ausmachten. Alles war plötzlich so weit weg und so unwirklich.

Bin das wirklich Ich? Ist das mein Leben?, fragte er sich. Immer wieder überfiel ihn dieser Zustand, gegen den so schwer anzukämpfen war.

Eigentlich hätte er schon lange Rat und Hilfe eines Fachmannes einholen sollen, aber er brachte einfach nicht die erforderliche Energie auf, diesen Schritt zu tun. Das sei halb so wild, die Zeit heile alle Wunden, versuchte er sich zu beruhigen. Aber er wusste selbst ganz genau, dass das auf traumatische Erlebnisse und ihre Auswirkungen oft genug nicht zutraf.

Es war nicht nur der Schock seiner Erlebnisse, besonders des unheimlichen Angriffs auf der Görresburg, der ihn aus dem Ruder gebracht hatte. Sein Vertrauen in seine Arbeit und die Gewissheit, das Richtige zu tun, waren ihm abhanden gekommen, seit er als Tatverdächtiger in U-Haft gesessen hatte. Natürlich hatte er nichts mit dem zu tun, weswegen man ihn beschuldigt hatte. Aber er hatte etwas anderes getan. Das war zwar Jahre her und eigentlich vergessen und abgelegt, aber die Stunden der Isolation und Ungewissheit, Kai Thiemes Auftauchen und sein tragischer Tod, hatten die ganze Geschichte in ihm noch einmal hochkommen lassen. Und ihm wurde klar, dass er diesem dunklen Teil seiner Vergangenheit, dem Unfall von damals und seiner aktiven Mithilfe bei der Tatverdunklung, nicht mehr aus dem Weg gehen konnte.

In endlosen Selbstgesprächen versuchte er sich klar zu machen, dass er gar keine andere Wahl gehabt hatte, dass der Mann bereits tot, durch seine Bestrafung nicht mehr lebendig zu machen war. Dies hätte wahrscheinlich ausgereicht, wenn ... ja, wenn er nicht Polizist wäre. Seine Aufgabe bestand darin, die Gesellschaft vor sich selbst zu schützen. Vor Individuen wie ihm, die festgeschriebene Gesetze brachen, um ihre eigensüchtigen Ziele zu erreichen. Es war schmerzhaft, sich das eingestehen zu müssen. Bislang hatte er sich darauf konzentriert, seine aktive Beteiligung an der Beseitigung der Unfallspuren zu verteidigen. Das war relativ leicht, hatte er doch einen Freund, dem er helfen, und eine Familie, die er schützen musste. Aber seine eigentliche Verfehlung fing früher an. Wie leicht wäre es gewesen, ein Taxi zu bestellen und den Wagen stehen zu lassen. Wie viele Menschenleben hätte das gerettet?

Seine Gedanken schossen in die Endlosigkeit der Möglichkeiten und kamen doch immer wieder zum selben Punkt zurück.

Durch meine Schuld.

Er dachte bereits daran, seinen Job an den Nagel zu hängen und – so wie Kai – etwas ganz Neues anzufangen. Nur leider war er nicht allein auf der Welt, da gab es noch vier Menschen, die auf ihn, auf sein Funktionieren, angewiesen waren. Das war Stütze und Last zugleich.

Und dann kam am Morgen der Anruf.

Jürgen Rudloff hatte vor, seine Ein-Mann-Abteilung beim BKA auszubauen. Der Kampf auf der Görresburg hatte ihm vor Augen geführt, dass er nicht jeden Fall alleine bewältigen konnte. Gerald Wild hatte bereits zugesagt und mit ihm, Wolf Krüger, wären sie zu dritt.

Wolf drückte die kleine Anna ganz leicht an sich und spürte, wie die Ruhe und Gelassenheit des Kindes auf ihn überging und nach und nach die Knoten in seinem Bauch löste. Der neue Job würde nicht all seine Probleme lösen können, das wäre zu viel verlangt, aber es wäre ein Anfang, ein erster Schritt zu einem neuen Leben.

Hermann Hesse hatte einmal geschrieben: *Jedem Anfang wohnt ein Zauber inne.*

Und genau diesen Zauber spürte er jetzt. Tief in seinem Innern war er dabei, alte Wunden zu heilen. Es würden Narben zurückbleiben, die hin und wieder auch schmerzen könnten. Doch sie stellten keine Behinderung dar, im Gegenteil, die Erinnerung an seine eigene Schwäche sollte ihm helfen, seine Mitmenschen etwas besser zu verstehen.

Und vergib uns unsere Schuld.

Vorsichtig den Kopf mit der Hand stützend legte er Anna in ihr Bettchen, schloss die Tür zum Schlafzimmer und wandte sich Marion zu, die draußen auf ihn wartete. Heute Abend würden sie über alles reden und dann würde sich schon zeigen, wie es weiterging.

Die Schaltung

Hans Werners schüttelte enttäuscht den Kopf. Nichts. Überhaupt nichts war passiert, als er dieses idiotische Gerät in Gang gesetzt hatte.

Stunden intensiver Forschungsarbeit »für die Katz'«.

Er hatte sich von seinen Wünschen täuschen lassen. Mit einem energischen Ruck löste er den Stecker der Stromzufuhr und nahm die Platine in die Hand. Hatte er bei der Zusammensetzung der Teile irgendeinen Fehler gemacht? Aber auch nach der zehnten Überprüfung hatte er keinen Grund für das Versagen des Gerätes finden können.

»Bloß wertloser Schrot«, stellte er fest und warf die Platine zurück auf den Tisch. Er würde einen kurzen Bericht für die Kripo schreiben und die von Euskirchen zugesandten Teile ausbauen und zurückschicken.

Was Werner nicht wusste, was keine seiner hochempfindlichen Messgeräte erfasst hatten, war, dass die Schaltung durchaus funktioniert hatte. Nur nicht so, wie Grahn es vorgesehen hatte.

Statt der Vernichtung der Menschen, hatte sie die Öffnung einiger bis jetzt versiegelter unteririscher Hallen ausgelöst. Es würde sicherlich noch Jahre dauern, aber irgendwann würde ein Mensch den versteckt liegenden unterirdischen Gang finden und damit den Weg zu den Sternentoren.

Danksagung

Am Ende möchte ich mich bei all denen bedanken, die mitgeholfen haben, diesen Roman zu realisieren.

Zuerst wäre da Andy Züll, mein erster Leser und Kritiker, der mir vor allem Mut gemacht hat, die Geschichte zu Ende zu bringen.

Dann wären da noch:

Hannelore Bleeker und Stefan Münzel, die sich mit Eifer auf die Fehler gestürzt haben, die mir bei dem doch recht schnellen Schreiben unterlaufen sind.

Sonja Weiller und Burkhardt Ohlerth, die das Manuskript zu dem Roman vor allem auf inhaltliche Mängel und Unstimmigkeiten geprüft haben.

Rüdiger Köprich, der mir geduldig die Strukturen und internen Wege der Polizeibehörde erläuterte.

Gedankt sei auch allen anderen, die mir in Gesprächen Tipps und Anregungen zum Roman gegeben haben.